目次

皓 茉莉花
「物覚えがいい」という特技を持つ。珀陽の命で叉羅国へ視察に行くことに。
珀陽
白楼国の若き有能な皇帝。茉莉花の才能にいち早く気づく。
ラーナシュ
叉羅国の司祭、ヴァルマ家の当主。
シヴァン
叉羅国の司祭、アクヒット家の当主。
茉莉花官吏伝 八
——三司の奴は詩をうたう
登場人物紹介

茉莉花官吏伝 八

三司の奴は詩をうたう

石田リンネ

B's-LOG BUNKO
ビーズログ文庫

イラスト／Ｉｚｕｍｉ

芳子星（ほう しせい）

珀陽の側近で文官。科挙試験で主席となる状元合格をした天才。

黎天河（れい てんが）

珀陽の側近で武官。名家の武人一族の出身。

舒海成（じょ かいせい）

赤奏国の文官。将来の宰相候補。

封大虎（ふう たいこ）

御史台に所属する珀陽の異母弟。本名は冬虎。

苑翔景（えん しょうけい）

御史台の文官。真面目な堅物で茉莉花の良き好敵手。

暁月（あかつき）

赤奏国の皇帝。珀陽に頭が上がらない。

序章

かつて大陸の東側に、天庚国という大きな国があった。

あるとき、天庚国は大陸内の覇権争いという渦に呑みこまれ、四つに分裂する形で消滅した。

この四つに分裂した国のうち、北に位置するのが黒槐国、東に位置するのが采青国、西に位置するのが白楼国、南に位置するのが赤奏国である。

四カ国は、ときに争い、ときに同盟を結び、未だ落ち着くことはなかった。

白楼国には、晧茉莉花という名の若き女性文官がいる。

彼女は元々、貧しい商人の娘であった。

家を助けるために裕福な屋敷へ行儀見習いに行ったあと、その屋敷で下働きとなる予定だったが、行儀作法の教師に宮女の試験を受けてみないかと勧められる。

宮女とは、後宮の下働きのことだ。『後宮で働く者は結婚できない』という決まりはあるけれど、衣食住が保証され、普通に働くだけでは手に入らない給金をもらえるため、働く女性にとって憧れの職であった。

茉莉花は、宮女試験に見事合格し、後宮で働くことになった。

宮女として働き出してから一年経ったころ、とある事件で大きな手柄を立てる。この事件で優れた能力を認められた茉莉花は、官位ある女官へ昇格するという異例の褒美をもらった。

そして女官になってから半年後、小さいころからの『官吏になる』という夢を諦めきれなかった茉莉花は、女官長の勧めもあり、礼部の仕事を手伝うようになった。

官吏としても優秀だと認められ始めたころ、茉莉花の才覚が開花する。

皇帝『珀陽』が襲われて行方不明になったとき、珀陽の顔を知っている茉莉花も皇帝の捜索に協力し、珀陽との合流に成功したのだ。

しかし、そこで「めでたし、めでたし」にはならない。珀陽は、黒槐国と采青国の会談の仲裁役として会談場所へ向かう最中に襲われたので、会談までの時間がもうなかったのだ。珀陽はしかたなく、官吏の仕事を手伝っている女官の茉莉花を、礼部の文官として会談へ連れて行くことにした。

会談自体は黒槐国と采青国の事情によって中断することになったのだが、この二国を相手に堂々と渡り合った皓茉莉花の名は、黒槐国と采青国に強く刻みこまれる。

文官として大きな仕事に関わるという経験を得た茉莉花は、正式な文官になるという自分の夢を改めて叶えたくなる。理解ある周囲の後押しもあり、女官を辞めて科挙試験対策に専念できるようになった。

そしてついに夢を叶える日がきた。茉莉花は科挙試験に合格し、文官という新たな道を歩み始めたのだ。

文官になってからの茉莉花は、次々に功績を立てていく。

赤奏国の皇帝『暁月』の世話役の補佐という難しい仕事をやり遂げた。

内乱状態の赤奏国に出向し、戦うことなく内乱を終結させた。

湖州の州牧補佐として、湖州に攻めこんできたシル・キタン国を、白楼国の大勝利という形で追い払うことに成功した。

茉莉花は、文官になってたった数月でその実力を認められ、皇帝のみが身につけられる『禁色』と呼ばれる紫色を使った小物を、皇帝『珀陽』から与えられたのだ。

——と、ここまでが表に出ている『皓茉莉花の立身出世物語』である。

実際は、茉莉花は官吏になるという夢を抱いたことは一度もなかったり、『物覚えがいい』という能力を見初めた珀陽に無理やり太学へ編入させられただけだったり、女官でありながら礼部での仕事を手伝った事実なんてなかったり等、他にも真実と違う点が色々ある。

あとからつくった設定や、つじつまを合わせるために記録を書き換えた部分もかなり多いのだが、茉莉花は珀陽から「訂正するな」と命じられていた。

――禁色をもらう人には、それなりの物語がなくてはならない。

平民の女の子が文官を目指して認められるという立身出世物語は、わかりやすくて好ましいものほど、人々に受け入れられやすい。

茉莉花はそのことをわかっていても、うしろめたさを感じる。

(それでも、わたしは後戻りできない)

禁色の小物を手にしたとき、興奮と共にひやりとしたものを感じていた。

今までは『いざとなったら文官を辞めてしまえばいい』という逃げ道を残していたけれど、ひたすら進むしかなくなったのだ。

(周囲の期待がとても重たい。でも、これはわたしが選んだ道だから)

普通の女の子が気軽に官吏を目指せる未来。

結婚した女性官吏が、そのまま官吏を続けていける未来。

いつからか抱くようになった茉莉花の夢は、努力次第で叶う日がくるかもしれなくなっていた。

(わたしは、もう充分に幸せだわ)

自分にそう言い聞かせることで、心の片隅に生まれた小さな恋心を見て見ぬふりをする。

――皇帝『珀陽』に特別扱いをされて、恋をせずにいられる人がいるのだろうか。

珀陽は、白金の髪と金色の瞳をもつとても見目麗しい人だ。

おまけに、文官登用試験である科挙試験と武官登用試験である武科挙試験の二つに合格している優秀すぎる人でもある。皇帝になるために生まれたと言われても納得しかできない人物なのだ。

そんな人と夜中に語り合ったり、景色の綺麗なところへ連れて行ってもらえたり、こまめに手紙をもらったり、贈りものを頂いたり……身分違いどころではない相手だとわかっていても、茉莉花の恋心はゆっくりはぐくまれてしまった。

（珀陽さまの孤独を癒やすのは、妃や恋人の役目。わたしにはできない。でも、珀陽さまの孤独によりそえる人ではありたい）

傍にいられるだけでいいと思っていたのに、珀陽は驚きの言葉を茉莉花にぶつけた。

――君が好きなんだ。官吏としてではなく、一人の女の子として。

驚きのあとに喜びと、そして悲しみを抱いた。

珀陽の気持ちに応えればどうなるのかを、簡単に想像できたのだ。

きっと周囲に隠れてこそこそ想いを確かめ合うという日々を送る。

自分は、そんな関係を続けていけるのだろうか。

（わたしには無理。認められない関係でもいいなんて割りきれない。そこまでの強さがわたしの心にはないから……）

茉莉花はこの恋を諦めた。けれども、珀陽は諦めなかった。

——あるよ、一つだけ結婚できる方法が。

珀陽の頭の中には、誰からも認められる結婚をするという未来があったのだ。

茉莉花は、可能性がどんなにわずかだったとしても、幸せになるための努力をし続ける決意をした。叶わなくて泣くことになってもよかった。

結婚できると確信するまでは、『恋人同士』ではなく『両想い』という状態を保ちたいという茉莉花の要望は、珀陽にも受け入れられた。

茉莉花と珀陽の関係は、これまで通りに『臣下と皇帝』だ。そこに互いを想い合う気持ちが入っているだけである。

（今はそれでいい。わたしは、自分の夢を叶えるためにやれることをやろう……！）

誠実に眼の前の仕事に取り組む。

茉莉花のすべきことはとてもはっきりしていて、茉莉花のやりたいことでもあった。

第一章

茉莉花は、文官としていくつもの難題を抱えている真っ最中である。

その問題の一つが、茉莉花の眼の前に座っているラーナシュ・ヴァルマ・アルディティナ・ノルカウスという青年だ。

黒髪とよく焼けた肌に、ゆったりとした衣服で身を包むラーナシュは、二十歳ぐらいの爽やかな好青年に見えるけれど、それは表の姿でしかない。

ラーナシュは、南方に位置する叉羅国の生まれだ。この叉羅国というのは、王と王を支える三人の司祭と四人の将軍――……三司四将と呼ばれる者たちによって統治されている。

ラーナシュの生家であるヴァルマ家は三司の一つで、王に関する儀式を任されているとんでもない名家だ。

そしてラーナシュは、混乱の最中にある叉羅国を救うため、王の証である『コ・イ・ヌール』と呼ばれる大きな金剛石と、『珀陽に叉羅国の王になってほしい』という驚きの頼みをもって白楼国にやってきた。

珀陽は、叉羅国の王になっても叉羅国に利用されるだけだと判断し、ラーナシュの頼みを断った。しかし、ラーナシュは諦めなかった。

　このままラーナシュが皇帝の居城『月長城』に滞在し続ければ、罠でしかないラーナシュの誘いにうっかり乗ってしまう官吏も出てくるかもしれない。

　そんな心配をした珀陽は、ラーナシュを早く帰らせることにした。

　王になれというラーナシュの頼みについては、「叉羅国を視察してみないと判断できない」と言い、今すぐここで返事をするのは難しいと告げる。

　それから茉莉花に、『叉羅国の視察』のついでに『ラーナシュから押しつけられてしまったコ・イ・ヌールを、気づかれないようにヴァルマ家へ返す』という任務を与えたのだ。

（『叉羅国の視察』は追い返すための言い訳だと、ラーナシュさんも絶対に気づいているとは思うけれど……）

　茉莉花は今、ラーナシュと共に行動していて、叉羅国へ向かう旅の真っ最中だ。今日の夕方、ようやく赤奏国から叉羅国の街に入り、一番立派な宿へ泊まることになった。

（明日からは一気に忙しくなる）

　夕食後、茉莉花は宿の部屋で色々なことを考えていた。

　叉羅国でやるべきことは二つ。

　一つは、コ・イ・ヌールをヴァルマ家に返すこと。

　もう一つは、叉羅国の視察をすることで、茉莉花の手柄につながる『なにか』を手に入れること。

（コ・イ・ヌールの返却は、ヴァルマ家に着いてからの話になる。でも、手柄につながる『なにか』についてはもう始まるのに、方向性すらまだ見えてこない）

真っ先に思いついたのは、『叉羅国に恩を売る』だ。

珀陽は似たようなことを赤奏国にしていて、赤奏国の皇帝『暁月』からの恩返しを笑顔で待っている最中である。

（でも、恩を売る相手はよく見極めないと駄目。必ず恩返しをしてくれる人という確信があって、恩返しの内容が白楼国の利益になるものでなければならなくて……）

珀陽が暁月に全面的な支援を約束しているのは、あとで返ってくるものが大きいと判断したからだ。むやみやたらに恩を売ればいいというものでもない。

（それに、恩を売るといっても、そもそもどうやって売ればいいの？）

珀陽は皇帝で、人も物も用意できる。

しかし、茉莉花はまだ新人官吏だ。禁色の小物をもつことで将来有望だと認められていても、まだ自分一人でなにかを決定できるような権力はない。

（叉羅国の混乱を落ち着かせることができたら、それはもうとても大きな恩返しを期待できる。けれど、叉羅国の司祭であるラーナシュさんが解決できていない問題を、視察にきただけのわたしに解決できるとは思えない。だとしたら、やっぱりヴァルマ家の小さな問題に関わって、ラーナシュさんとの繋がりを強化する……ぐらいが限度かしら）

『ヴァルマ家の小さな問題』があるのかどうか。解決できるのかどうか。

今のところ、都合のいい妄想をすることしかできなかった。

（まずやらなければならないのは、叉羅国を『知る』こと。どんな小さなものも見逃してはならない）

叉羅国に入ったからには、この宿も情報の一つだ。折角だから不審に思われない程度に歩き回ってみよう。

「よし……！」

茉莉花は静かに部屋を出る。すぐ隣はラーナシュの部屋だ。きっと食後の茶をのんびり楽しんで、明日に備えて身体を休めているだろう。

そんな想像をしながら通りすぎようとしたとき、扉が開いてラーナシュが出てくる。

「マツリカ！　ちょうどよかった！」

ラーナシュは茉莉花に用があったらしい。

茶でも飲もうと誘われ、茉莉花はラーナシュの部屋に入った。

「まぁ、座れ。サーラ国に入ったから、マツリカに注意しておきたいことがある」

「はい」

山羊の乳で入れた甘い茶を、ラーナシュから受け取る。

ラーナシュは、元々ほんのり甘くつくられている茶に砂糖を足して飲んでいた。

「サーラ国の者たちはよそ者に厳しい。お前の身を守るために、『ヴァルマ家の客人』という身分が必要だ。これから誰かに身元を問われたら、必ずそう答えよ。明日からはサーラ国風の服も着てもらう」

「ヴァルマ家の客人……ですか。あの、客人も『よそ者』ですよね？」

「その通りだ。しかし、よそ者であっても、サーラ国の人間によって招かれたのであれば、神に歓迎される。招かれざる者であれば神は怒る。そういう国なのだ」

西の国々との出入り口となり、様々な文化と人間が混ざり合う白楼国で生まれ育った茉莉花にとって、よそ者に厳しいという感覚は理解しにくいものだった。

しかし、他の国にきたのなら、その国の文化を尊重すべきである。

「わかりました。ヴァルマ家という名前は、気軽に出してもいいのですか？」

「いくらでも出すがいい」

国王の次に身分の高い司祭の一族の名が、茉莉花の魔除けとなってくれるらしい。

なにが起こるかわからない旅だ。利用できるものはしっかり利用しよう。

「まぁ、何事にも例外はある。同じ三司のアクヒット家とカーンワール家を相手にする場合は、ただの異国人の方がいいかもしれん」

そうだろうな、と茉莉花は納得した。

同じ司祭職の他家と仲がいいと言われたら、逆に驚いてしまう。

しかし、仲が悪いといっても、舌打ちして終わりになる仲の悪さもあれば、殺してやるという宣言を実行に移すぐらいの仲の悪さもある。

「アクヒット家やカーンワール家とは、どのぐらい仲が悪いのですか？」

「そうだな……」

ラーナシュは卓に置いてあった紙を手にもった。

「異国との戦(いくさ)の際、貴重な巻物を得たことがあった。それは世の中に一つしかないものだ。三司はそれぞれ自分のものだと主張して譲らない」

ラーナシュは手にもっている紙をびりびりと三等分する。

「結局、このように三つに分割した」

「……!?　そ、それでは元の価値が失われてしまうのでは!?」

「わかっていても引くに引けないのだ。他にも三等分にされたとんでもないものがたくさんあるぞ」

首飾り(カンタ)とか剣とか……とラーナシュは指を折る。

「これはまだ比較的穏やかなときの『仲が悪い』だ」

ラーナシュの説明に、茉莉花は息を呑(の)む。

「穏やかでないときの『仲が悪い』というのは……？」

「殺すし、殺される。そのぐらい悪い」

「……気をつけます」

今のうちにこの話を聞けてよかったとほっとしていると、ラーナシュは新たな紙を卓に広げる。

「俺(おれ)たちが国を出発したときの状況(じょうきょう)を説明しておく。白楼国の間諜(かんちょう)が集めた情報を聞かされているだろうから、世間話だと思って気楽に聞いてくれ」

ラーナシュは筆をもち、さらさらと人の名前を書いていった。

「まずは国王陛下。サーラ国に『退位(たいい)』という概念(がいねん)はない。王は生きている限り王だ」

退位という言葉がないので、ラーナシュはそこだけ白楼語を使う。

「サーラ国が五十年前から二重王朝制になっていることは、マツリカも知っているだろう」

「はい。第十一代叉羅国王は、晩年になってようやく王子を得ることができました。それは甥(おい)に王位を譲ると約束したあとのことです。このことが二重王朝をつくる原因となってしまった。……ですよね？」

「その通りだ」

歴史上、王位継承権争いで一番揉(も)めるのが、『王に子どもがなかなかできなかったので、身内に王位を譲ると約束したものの、そのあとに王子が生まれてしまう』というものである。

どちらが王になっても、王になれなかった方が力ずくで玉座を奪おうとするのは、もはやお決まりの展開だ。

「第十一代国王陛下は、自分の子に王位を与えたかった。しかし、甥と約束してしまったことを破るわけにもいかない。それで、三年ごとに王を交代するという方法で解決しようとし、二重王朝が始まった」

始まりはよくある話なのだが、解決策はとても珍しいものだった。

おそらく、裏では『もう一人の王を暗殺する』という計画が何度も立ち上がったのかもしれないが、表では三年ごとの王の交代が守られていた。

「第十一代国王陛下の甥である第十二代国王陛下が亡くなられたときに、第十一代国王陛下の息子である第十三代国王陛下が王朝を統合して終わりの話のはずだったのだが……そうはならなかった」

ラーナシュは腕を組んでうなる。

「二人の国王陛下の王子が、自分こそが正当な王位継承者だと主張した。話し合っても解決できず、三年交替の二重王朝が続くことになったのだ。勿論、今も続いている」

叉羅国の混乱状態は、五十年前から続いている。

二つの王朝が「自分こそが正当な王朝だ」と主張し合い、王朝を一本化できていないのだ。

（無理やり一本化しようとしたこともある。それで大きな戦いが九回あった）

およそ五年に一度、国内が戦場になっていたということになる。小さい戦いならもっとあったので、叉羅国の国民は二つの王朝の争いに疲れきっているだろう。

「現在は、ビバーララ朝のナガール国王陛下とコルタラ朝のタッリム国王陛下が、三年交替で王位に就いておられる。今はタッリム国王陛下が玉座に座っていて、交替まであと一年というところだ。ナガールとタッリムは国王陛下のお名前ではなく、お二人が住んでいる離宮の名だ。このようにお呼びするのは不敬だが、国王陛下が二人いると混乱するので、こう呼ぶようになっている」

ラーナシュは、二重王朝問題を『白楼国から新たな王を迎える』という方法で解決しようとした。かなり乱暴な方法だが、いくつかの利点はある。

(間諜の情報によると叉羅国の周辺国は叉羅国の弱体化を察し、いつ攻めこんできてもおかしくないとか)

内乱と侵略戦争、その両方に対応できる体力は叉羅国にもうない。

ラーナシュは白楼国という大きな後ろ盾を利用して周辺国を牽制し、その間に「王朝を統一して珀陽を追い出そう」と二人の国王を説得するつもりなのだ。

(白楼国の皇帝という大きな敵がいれば、国は自然にまとまる。ラーナシュさんはそれを期待している)

国を救いたいという強い気持ちがラーナシュにあったからこそ、王の証をもちだすという決意もできたのだ。

「サーラ国の問題は、二重王朝によって単純に国が分裂しているだけではない」

ラーナシュが紙に『家』という単語を書く。

「我々は『家』という集団を大事にする。ビバーララ朝とコルタラ朝が統合しないのも、『家』が違うからだ。そして、それは三司も同じ。そのときどきで、ビバーララ朝とコルタラ朝のどちらに味方したら自分の利益になるのかを考えて動いている」

ラーナシュは紙に新たな名前を書いていく。

ナガール国王とタッリム国王、それからシヴァン・アクヒット・チャダディーバとジャンティ・カーンワール・ウラリッサ、そして、マリミト・メトリヤ・サレンドラ。

「シヴァンはアクヒット家の当主、ジャンティはカーンワール家の当主だ。まだ生きていたらの話だがな」

恐ろしい一言をつけ加えられ、茉莉花は背筋がひやりとする。

白楼国にも派閥争いというものはあって、人を殺そうとしたり殺されそうになったりしているが、おそらく叉羅国ではもっとよくあることなのだ。

「マリミト・メトリヤ・サレンドラは、先代のナガール国王陛下の一番目の奥方だ」

マリミトという名前をラーナシュは指差す。

「金にとりつかれた厄介な女だ。メトリヤ家を儲けさせるために、ナガール国王陛下にもタッリム国王陛下にも金を貸し、戦を起こそうとしている」

戦が始まれば、武器や食料や薬が必要になる。儲けたいために戦を起こす商人がいることを、茉莉花は歴史の授業のときに知った。

「この女は、先代のナガール国王陛下との間に子どもができなかった。今代のナガール国王陛下は、先代ナガール国王陛下の二番目の奥方の子だ。おそらく彼女は、ビバーララ朝の一族であるという意識はなく、メトリヤ家に属した意識のままなのだろう」

叉羅国ほどではないだろうが、家を大事にするという文化は白楼国にもある。後宮に送り込まれる妃は、実家のために皇帝の寵愛を得ろと言い聞かされているのだ。

「ここ数年は、戦が起きない代わりに、暗殺がとても多かった。俺の父と兄二人も殺された。一応、長兄は事故死という扱いだが、目撃者がいないから真相はわからん」

おそらく、とラーナシュはため息をついた。

「俺の次兄がアクヒット家の前当主を殺したのは、こちらの長兄を殺されたことへの報復だ。俺がいたら止めていたが……その次兄もアクヒット家に殺された」

「報復の報復……」

茉莉花の呟きに、ラーナシュはそうだと頷く。

「二人の息子を失ったあとの俺の父は、『報復に報復を返しては駄目だ。息子を殺された報復を我慢するから皆も我慢してくれ』と訴えた。アクヒット家とカーンワール家にもそう告げた。しかし、父は戦を望むマリミトとカーンワール家に殺された。これが半年前の話だ」

　争いを望む者が、人を殺す。

　報復を望む者が、人を殺す。

　二重王朝という混乱に血が注がれ、さらに混乱していく叉羅国を、ラーナシュは見つめなければならなかったのだ。

「二人の兄が亡くなり、父が亡くなり、俺はヴァルマ家の当主となった。家の者は『報復を』と叫んでいたが、しばらくは静観しろと説得した。今のヴァルマ家は、二重王朝の争いから一歩引いている」

　ラーナシュは、なにかから逃げるようにそっと眼を伏せる。

「長兄が殺されてから三年。その間に血が流れすぎた。憎しみが絡み合ってしまった。絡まった糸は、ほどくのが難しい。ほどけても必ず跡が残る。けれど、俺はまだなんとかなるとどこかで信じていた。皆が少しずつ我慢したらなんとかなる話だとな」

　茉莉花も、ラーナシュと同じようなことを考えていた。

　第三者が入り、皆が互いを許し合い、マリミトと距離を置くことで解決する話だ。

　ラーナシュが珀陽を頼るのは、少し大げさな気がしてしまう。

「……マレムがな、言うんだ。四十年前にも似たようなことがあった。そのときの当主が我慢しろというから耐えてきて、それでこの結果だ。我慢してもまた殺された。憎しみを乗り越えても、なにも意味はない……と」

いつもラーナシュをしっかり支え、茉莉花にも親切にしてくれる心優しき従者の嘆きを、ラーナシュはくちにする。

「これはたった三年間の話ではない。家同士の恨みは、もっと前から続いていた。俺にとっては三年の憎しみでも、他の者にとっては二十年、四十年の憎しみだ。俺が生まれる前の悲劇を、俺に復讐しろという。長年の恨みを、俺で晴らそうとする。歴史は重い。あまりにも重すぎて、ここにきて皆がついに我慢できなくなったのだ。今の二重王朝は、憎しみを晴らす場として利用されている」

軽い気持ちでどうにかなると思っていた茉莉花は、事態の重さと複雑さを突きつけられて動けなくなる。

問題は二重王朝だけではなかった。

——あの家がそちらの国王につくのなら、こちらはもう一人の国王につく。

——復讐のために一時的に手を組む必要が出てきたから、この国王から手を引いてもう一人の国王の手助けをする。

三司や四将といった家が、自分の都合で支援する国王を決める。

王が王としての権力を維持できなくなっているのだ。

（陛下が叉羅国の混乱に関わりたくないとおっしゃっていた意味が、ここにきてようやく実感できた）

ラーナシュが『コ・イ・ヌールをもち出す』という反逆罪に問われてもしかたのない行動を選んだのは、これぐらいのことをしなければ解決できないという必死の決意があったからだ。

「だから俺は白楼国に向かった。白楼国の皇帝殿にサーラ国の国王になってほしくてな」

「あはは……」

それについてはなんと言っていいのかわからず、茉莉花は笑ってごまかす。

「……あの、ラーナシュさん。わたしや白楼国の皇帝陛下がコ・イ・ヌールを悪用するとは思わなかったのですか？」

「したくてもできないだろう。これだけ混乱しているときに、深く考えずに誰かの味方をしたら、あとで痛い目を見るのはわかりきっている」

さわやかな笑顔で、やれるものならやってみろとラーナシュが遠回しに言う。

茉莉花は「あはは……」ともう一度笑ってごまかした。

「ヴァルマ家の本邸に帰ったら、最初に情報収集だな。一月も経てば状況は変わる」

ラーナシュが国を離れていた間に、色々なことが起きたのは間違いない。

茉莉花は、じっくり考えてから動くべきだ。

「今のサーラ国はこんな状況だ。俺たちは白楼国という治安のよい国を護衛つきで移動してきた。赤奏国も日中ならば賊に襲われる心配はそうない。しかしな、ここは違うぞ。憎しみを抱く者が復讐の機会を常に窺っている。だからお前も常に気をつけろ。コ・イ・ヌールを決して手放すな」

「はい……！」

ラーナシュは、茉莉花の返事に満足そうに頷く。

茉莉花はつくり笑いを浮かべつつ、首にかけている革袋へそっと触れた。

（早くこのコ・イ・ヌールを手放したい……！）

『男性がコ・イ・ヌールに触れると、不幸が訪れる』という言い伝えがあるために、ラーナシュは婚約者のダナシュにコ・イ・ヌールをもたせて白楼国へ向かった。けれども、ダナシュは旅の途中で使用人と駆け落ちしてしまった。困ったラーナシュは、茉莉花にコ・イ・ヌールを預けることにしたのだ。

そのことについて、珀陽は当初「コ・イ・ヌールをこちらで管理できるのは都合がいい」と判断し、茉莉花がコ・イ・ヌールをもつことに賛成していた。しかし、ラーナシュの望みを聞いてからは、厄介なことに巻き込まれる前に早くコ・イ・ヌールを手放したいという方針に切り替えたのだ。

「お前だけが頼りだ。よろしく頼むぞ、マツリカ」

「はい」

ラーナシュの部屋を出た茉莉花は、自分の部屋へ戻る前に宿の中をぐるりと見て回る。叉羅国の文化に触れる折角の機会だけれど、頭の中はラーナシュから聞かされた話でいっぱいになってしまい、他のことに集中できなかった。

「マツリカさん、まだ起きていらっしゃったのですか？」

どうしたらいいのかわからなくなっていると、宿の入り口から外套を身につけたマレムが入ってくる。

買い物に行っていたのだろうかと手元を見てみれば、灯りはもっているけれど荷物はなかった。

「わたしはちょうどラーナシュさんにお茶を頂いたところです。マレムさんは外に用があったのですか？」

「私はこの宿の周りを見てきました。なにがあるかわかりませんから」

マレムの言葉に、茉莉花はそうだったと先ほどのラーナシュとの会話を思い出す。

いつ襲われてもおかしくない叉羅国へ入ったのだ。おそらく、襲われるとしたら姿が見えにくくなる夜か、あまり人のいない道を通るときのどちらかだろう。

「夜遅くまでありがとうございます。無理はしないでくださいね」

もしかして寝ずに見張りでもするのかもしれないと茉莉花が心配したら、マレムは表情を緩めた。

「マツリカさんはお優しい方ですね。こうしてご一緒するようになってから、異国の方々への認識が変わりました。外の人でも好ましい方はたくさんいらっしゃる」

叉羅国の人が異国人に厳しいということは、ラーナシュから聞かされたばかりだ。

しかし、親切にしてくれているマレムですらそのような感覚をもっていたことに、茉莉花は驚いてしまう。

「生まれてから四十年、ずっとヴァルマ家で働いておりましたが、外の国に出たのはラーナシュさまが御当主になられてからです。この年でも学ぶことはとても多い」

うんうんとマレムが頷く横で、茉莉花は首を傾げる。

「あの、もしかして、ヴァルマ家の方々はあまり外の国に行かないのですか？」

金持ちなら積極的に旅行したり、留学という名の遊びを楽しむのではないかという茉莉花の疑問に、マレムはそうなんですとなぜかため息をついた。

「ラーナシュさまが特別なのです。小さいころからあちこちの国へ遊学なさって……。どんな大人になるのかと心配していましたが、今はご立派にヴァルマ家の当主を務めていらっしゃるので、ようやくほっとできました」

どうやらラーナシュは、叉羅国でも『変わった人』になるらしい。

茉莉花はこの辺りの感覚の違いを、もっと意識しなければならないはずだ。

「マレムさんは、小さいころにヴァルマ家へきたんですよね？」

ヴァルマ家の常識に詳しいだろうマレムにあれこれ訊いてみたくなったので、まず確認してみたところ、マレムは「違いますよ」と否定した。

「え⁉　でも、四十年と先ほどは……」

「私は生まれたときからヴァルマ家にいるんです。私の家は代々ヴァルマ家で働いている一族なんですよ」

「あ、そういうことなんですね」

「はい。ヴァルマ家のような名家ですと、使用人同士で結婚することがほとんどです。外から新しい使用人を入れるのは、人手が足りなくなったときだけですね。ですから、ヴァルマ家の方々は私にとっても家族のようなものなのです」

マレムは『家族』という単語をくちにしたとき、誇らしげな顔になった。

「サーラ国には、『三司の奴は詩をうたう』という言葉があります。これは、三司の家の使用人の子であれば、自然に聖典が暗唱できるようになるという意味です。ヴァルマ家の使用人の子は幸せです。素晴らしい環境が用意されているから、自然と教養が身につく。さすがはヴァルマ家の使用人だと言われることが、私の幸せです」

胸を張るマレムに、茉莉花は素敵ですと微笑んだ。

「私は、この素晴らしいヴァルマ家を守らなくてはなりません。そして、ヴァルマ家の方々を殺したアクヒット家やカーンワール家を、絶対に許しはしない……！」

マレムは、自分の常識を素直に書き換えることができる。外の人にも優しくできる。けれども、ヴァルマ家を誇らしいと言ったそのくちで、憎しみも吐き出す。

今度は「素敵です」と笑えなくて、茉莉花は適当な理由をつけて自分の部屋に急いで戻った。マレムにどんな言葉をかければいいのか、どうしてもわからなかったのだ。

ため息をつきながら椅子に座り、首にかけている革袋を服の中から出す。

手に手巾をもち、革袋からコ・イ・ヌールを取り出した。

「コ・イ・ヌールも重いけれど、憎しみの歴史も重い……」

傷がないかの確認をしたあと、そっと革袋に入れる。

「復讐の機会を窺っている、……か。湖州の治安もよくなかったけれど、この国はさらに危ないはず」

日中は馬車で移動し、夜はきちんとした立派な宿屋に泊まる。

茉莉花は安全な旅になると思いこんでいたが、甘い考えだったようだ。

「夜もコ・イ・ヌールをもったまま寝ているけれど、それだけでいいのかしら。なにかあってもすぐ動けるように、旅装のまま寝ようかな？」

この世の中、都合よく物事が進んでくれるわけではないことを、茉莉花は知っている。

もしかしたら道中なにかがあって、ラーナシュとはぐれることだってあるかもしれない。

「ヴァルマ家の客人と名乗ってもいい相手は、平民の人たちだけ。みんなとはぐれたときにヴァルマ家の客人だと名乗れない状況もあるだろうから、別の設定も考えておかないと」

ラーナシュに見せてもらった叉羅国内の地図は、既に頭の中に入れてある。

ここから首都のヴァルマ家まで馬車だとあと三日。徒歩だと一週間はかかるだろう。

「あとは、宝石の隠し場所よね」

一人旅のときに一番恐れなければならないのは盗賊だ。

命を最優先にするのなら、抵抗せずに荷物を差し出した方がいい。

そのときに間違いなく身につけているものを調べられるので、コ・イ・ヌールが入った革袋を首にかけていたら、すぐに引きずり出されるだろう。

「帯の中に隠す？　でもこれだけ大きい宝石だと、さわればすぐにわかるわよね」

同じ理由で、ふくらはぎの辺りに隠すのも難しい。見ただけでは気づかれなくても、硬い感触はごまかせないはずだ。

「お金と違って靴の中も難しいし」

小さければ靴の中が一番だった。しかし、コ・イ・ヌールは、手のひらからはみ出るほどの大きさがある。

「さわられない場所……髪の中に入れる？　結い上げてしまえば……」

髪を摑んでもち上げてみたが、なかなか難しそうだ。

自分では上手くできたつもりでも、動けば落ちてしまうかもしれない。

「服をさわって調べるのなら、わたしだったらこう……」

女性の姿を思い浮かべ、茉莉花は想像上の女性の肩をさわり、腕をさわり、脇をさわり、そのまま太ももへと手のひらを移動させていく。

「……あっ⁉」

もう一度、と茉莉花はまた別の女性を思い浮かべた。

上から下へと、隠しもっているかもしれない財布を探し……。

「さわらないところがある……！」

ここしかない、と茉莉花は革袋からコ・イ・ヌールを再び取り出し、叉羅国風の服に着替え始めた。


——この旅の最中に、ヴァルマ家への恨みを抱く者に襲撃されるかもしれない。

茉莉花がそんな心配をし、いざというときに備えた夜に、それは起きた。

「火事⁉」

夜中にふと目覚めたとき、焦げ臭さに気づく。

飛び起きてまとめてある荷物をもち、姿勢を低くして部屋の扉を少し開けた。

「マツリカ！　起きろ！」

すると勢いよく扉が開いたので、茉莉花は慌てて立ち上がる。

「ラーナシュさん！　火事ですか⁉　火元は⁉」

「違う、襲撃だ！　荷物をもて！」

「もちました！　すぐに出られます！」

宿に火をかけるという大胆すぎる襲撃にぞっとしていると、マレムたちが慌ただしく階下へ降りていった。

茉莉花とラーナシュはマレムたちのあとに続き、宿の裏口に向かう。

「ラーナシュさま！　既に囲まれております！」

「なんだと⁉」

ラーナシュは宿の中をぐるりと見てから、よしと頷いて茉莉花を見る。

「髪を縛れ。炎で焼けるかもしれん」

「はっ、はい！」

茉莉花は慌てて紐で髪をくくる。

煙が充満しつつある中、ラーナシュに連れられて東側の窓の前に立った。

「ここから脱出し、馬に乗って西の街道へ向かう。マレム、少しだけやつらの眼を引きつけよ。俺たちが飛び出したあとは、ばらばらに逃げるんだ」

「承知致しました！」

マレムたちが北側と南側の扉の前に立ち、扉を動かしてがたがたと音を鳴らす。

今から飛び出すぞと相手に思わせるためだ。

「マツリカ、覚悟を決めろ。行くぞ！」

「はい！」

ラーナシュの助けを借り、茉莉花は窓に足をかけて外へ飛び出した。

「出てきたぞ！」「こっちだ！」という叫び声が、北側の扉と南側の扉から聞こえてくる。

ちょうどその真ん中である東側の窓から飛び出した茉莉花とラーナシュは、誰にも見つからずにすんだ。

「しっかり摑まれ！」

ラーナシュは馬を繫いだ縄を切り、鞍を乱暴に乗せた。すぐに茉莉花を馬上へと引きずり上げ、馬の腹を蹴って走らせる。

茉莉花は必死にラーナシュの腰へしがみついた。

胃が浮く感覚と、逆にずしんと腹を重たくする感覚が交互に訪れる。呼吸すらなかなかできない。

揺れにただひたすら耐えていると、馬が勢いよく止まった。

「ここで二手に分かれるぞ！　マツリカ、お前はとにかくコ・イ・ヌールを守り切れ！

やつらの狙いは俺だ！　俺になにかあったら、俺の叔父にコ・イ・ヌールを託してくれ！」

「わかりました！」

一人で逃げなければならないという最悪の状況になってしまった。

不安しかないけれど、茉莉花とコ・イ・ヌールを逃がそうとしてくれるラーナシュの想いを無駄にしたくはない。

「赤奏国に戻るのもよし、進むのもよし！　お前の判断に任せる！」

ラーナシュは身につけていた外套を脱ぎ、裏返してまた着る。

淡い色の裏地を表側にしてわざと敵から見えやすくすることで、敵を引きつけようとしてくれているのだ。

「どうかお気をつけて！」

ラーナシュに声をかけたあと、茉莉花は必死に夜道を走る。

西の街道にラーナシュが向かうのなら、自分は南へ向かう道に行くしかない。

（ラーナシュさんと一緒に旅をしている女性が一人いることを、襲撃者もわかっているはず！　今はラーナシュさんが引きつけてくれているけれど、そのうちわたしを捜す人も現れるかもしれない……！　合流は早い方がいい。進もう！）

まずは身の安全の確保だと、茉莉花は頭の中に地図を広げる。走りながらどうすべきかを考えた。

「昨日、盗賊に襲われたんだって」

「気の毒にねぇ。怪我した人もいたって本当？」

「……うわ、見事に焼けてるな」

茉莉花たちが泊まり、盗賊に扮したヴァルマ家の敵勢力に襲われた宿屋は、未だにくすぶっていた。本気で焼き殺すつもりだったことを知った茉莉花は、背筋が冷える。

「あの……この辺りって治安が悪いんですか？」

焼けた宿屋の周りに集まっている人へ、茉莉花は今やってきましたという顔で話しかけた。

「それがそうでもないんだよねぇ。この辺りは駐留軍の営所が近いから土地感のある盗賊は避けて通る街だろうし、この宿は流れの盗賊に襲われてただ運が悪かったとしか」

気の毒ですね、と茉莉花は教えてくれた人に同意する。

（誰にも怪しまれていない。どうやら上手くラーナシュさんのあとを追えそう）

茉莉花は、徒歩で移動するしかない状態だ。おまけに女の足である。どれだけがんばっても、襲撃者に本気を出されたらすぐに見つかるだろう。

隠れてやり過ごす方法もあるが、地の利は向こうにある。こちらが不利な賭けは、異国の地ですべきではない。

（『逆方向からきた旅人』を演じて正解ね）

茉莉花は、頭の中にある叉羅国の地図を頼りにして逃げている最中にわざと街道を外れ、滝壺がある川へ向かった。

そこで身を隠して一夜を明かし、昼をすぎてから再び街道に戻り、襲撃された宿がある街を目指して歩いていたのだ。

川沿いで身を潜めたせいで、外套のあちこちが薄汚れた。これなら、徒歩での長い旅をしてきている人だと誰もが信じるはずだ。

（襲撃者は、『標的は自分たちより先に行っている』と思いこんでいるはず。逆方向からのんびり歩いてくる人を疑うことはしない）

茉莉花は、『ヴァルマ家の客人』という設定から『叉羅語とその歴史を学びにきた赤奏国の学者』という設定へ変更することにした。

襲撃された以上、平民相手であってもヴァルマ家の客人と名乗るのは危険だ。新しい別の設定は——……女性が一人旅をしていてもおかしくはなく、そしてよそ者でも比較的親しみやすいものでなければならない。

——わたしは、叉羅国の隣の赤奏国で生まれ育った。官吏となった父に言語と歴史を学び、学者となった。叉羅国には、叉羅語とその歴史を学びにきている。

白楼国のような地続きではない遠いところからきた旅人だとなじみがないだろうけれど、隣国の人なら接する機会も多いはずだ。

赤奏国なら、仕事でしばらく滞在したことがあったので、風習にも詳しい。本当に赤奏国出身の人がいても、疑われない自信がある。

「あとは無事に着くことだけを考えましょう」

茉莉花は、ラーナシュが使った西の街道を進むつもりだ。運がよければ、ラーナシュの情報が手に入り、どこかで合流できるかもしれない。

（問題は、女性の一人旅だということ。西の街道を徒歩で移動する人についていきたい）

三つ先の街は、乗合馬車も止まりそうな大きな街だ。

そこまで行けば、首都までの旅が一気に楽になる。

（人のよさそうな……いいえ、外見だけで信用してはいけない。詐欺師ほど、善人だと思わせる方法を知っている）

偶然にも親切な人に出会って助けてもらえるなんてことは、茉莉花に起きてはくれない。

治安が悪いと言われていた白楼国の湖州では、大虎という親切な青年が傍にいてくれたが、それはただの偶然ではなく、珀陽の指示があってのことだ。『与えられた親切な人』を当たり前だと思ってはいけない。

「まずは水と食料ね」

今は昼すぎだ。ここで夜を明かすか、あと一つ先の街まで歩くかを迷う。

悩んだ末に、次の街へ行くことにした。

襲撃者たちの仲間が、連絡役としてこの街にいるかもしれないことを考えると、顔を見られた可能性のある自分は、早く出て行った方がいい。

必要な買い物をすませたあと、徒歩で次の街に向かう人を探し、一定の距離を保ちながらひたすら歩き続ける。

体力に自信があるわけではないけれど、移動は馬車のみという裕福な生まれではないため、なんとかついていくことができた。

（……空が曇ってきている。今日は薄暗くなるのが早いみたい）

天気が味方についてくれなくて、茉莉花は焦る。

遠くに街のようなものが見えている。あと少しなのは間違いない。視界が悪くなる前に――……襲われやすくなる前に街に入らなければ。

（もっと速く！）

周囲を警戒しながら、歩く速度を速める。

それは前を行く旅人も同じだったようで、茉莉花は急いでいるつもりなのに、距離をじわじわと開けられてしまった。

「あと少し……！」

はぁはぁという自分の荒い呼吸が響く。

一日中歩いていたため、足が疲れている。でもここでがんばらないといけない。

右、左、右、左、と、足の裏の痛さと重さに耐えながら、足を動かしていく。

——急がないと！

ここでなにかあっても、助けてくれる人はいない。

街に入れば座れるし休める。今だけの我慢だ。

「おい、お嬢さん。ちょっと足を止めろ」

右側の林の中から不意に呼びかけられた。

茉莉花は立ち止まり、身体を震わせてしまう。

道を外れた林の中にいる人が、ただの旅人のはずはない。

(まさか……！)

おそるおそる林の中に視線を向けると、下品な笑い声と共に十人の男たちが姿を現した。

「一人か？　借金取りから逃げたのか？　それとも恋人を追って？　不用心だなぁ」

——我が国の盗賊は、髭を生やした汚らしい男ではない。見た目は街を歩いていそうな普通の男たちだ。

ラーナシュの言っていた通り、普通の男たちが古びた鎧を身につけて武器を手にし、集団をつくっていた。

――やつらは人を殺したいのではない。普段は別の職業に就いていて、副業で盗賊をしているだけだ。金目当てだから、金を差し出せば命は助かる。

茉莉花はラーナシュの警告を思い出しながら、慎重に周りを見る。

前を歩いていた旅人の背中は、とても小さくなっていた。こちらを振り向く気配はない。

そして反対方向の道には誰もいない。

明らかにこの男たちは、茉莉花が一人になるところを狙っていた。

「あ……あの、荷物は全部置いていきますので、どうか命だけは……！」

ラーナシュの言う通りなら、荷物を差し出せば満足してくれる。

どうかそうでありますように、と祈っていたら、盗賊が眼の前に迫っていた。

「こんな荷物で満足するとでも？」

「すみません、どうか……！」

明らかに上流階級ではない旅人の茉莉花を、盗賊たちは取り囲む。

「あんた、どう見ても異国人だ。異国人は需要があるんだよ。神への生け贄としてな」

ぞわりと茉莉花の身体が震えた。どうにかして逃げなければならないことに、嫌でも気づいてしまう。

（生け贄って……嘘でしょう⁉　そんな話は一度も聞いていないし、書物で読んだこともなかったのに……⁉）

叉羅国は『家』というまとまりを最も大事にしている。家ごとに信仰する神は異なるし、家ごとに決まりがある。

（たしかに、それらをいちいち丁寧に記録した書物はなかなかないだろうけれど……！）

生け贄を求める神が本当にいることを、ラーナシュも知らなかったのかもしれない。

（叉羅国が異国人に厳しいというのは、こういう意味も含むの⁉　どうしよう、ヴァルマ家の客人と言えば見逃してもらえる⁉）

ヴァルマ家の名を告げることは危険かもしれないが、叉羅国民の客人だと示せば、叉羅国人扱いをしてもらえるかもしれない。

「あの、わたし……！」

ヴァルマ家のラーナシュさんの客人で、と茉莉花は続けるつもりだった。しかし、やけに響く美しい声によってさえぎられる。

「なんだ、盗賊か」

明らかに盗賊たちの仲間ではない声は、うしろ側から聞こえた。

茉莉花が振り返れば、十人ほどの別の男たちが林の中から出てくる。彼らの身なりはどう見ても上流階級のものだ。

その中で最も目立つ金色の髪の美しい青年は、二十代後半ぐらいだろうか。おそらく、この金髪の青年が主人だ。

(叉羅国が成立する遥か前、この辺りは西方の民族に支配されていた時代がある。きっとこの方はその西方の血を受け継いでいて……って、そうではなくて！　この人たちは林の中でなにをしていたの？)

彼らも盗賊なのか、それともただの妙な集団なのか。

茉莉花が困惑しながら前とうしろを交互に見ていると、前方の盗賊たちは明らかに金をもっていそうな金色の髪の青年を新たな獲物として認定した。

「あんたたち、いい服を着ているなぁ」

茉莉花は、盗賊たちの意識から完全に除外されたようだ。

(逃げるなら今かもしれないけれど……)

街まであと少し。でも走って追いかけられたらすぐに捕まる。

どうしよう、と迷っている間にも、盗賊たちは喜びながら新たな獲物に手を出そうとしていた。

「おい、金髪(きんぱつ)の兄さん。ちょっと話を……」

「盗賊たちよ。さっさと私の前から消えろ。アクヒット家を敵に回したくないのならな」

『アクヒット』という名に、盗賊たちは驚く。

まさか、という顔になったあと、金髪の青年の服の袖(そで)を見て顔色を変えた。

「くそっ!!」

捨て台詞(すてぜりふ)にもならない叫びと共に、盗賊たちは林の中に逃げていく。

茉莉花は、盗賊たちと同じように驚きながらも、金髪の青年の服の袖を改めてじっと見つめる。

(この模様……やっぱりアクヒット家の……!!)

ヴァルマ家、アクヒット家、カーンワール家は、叉羅国の王を支える司祭の一族だ。

そして現在は、血で血を洗う関係になっている。

(もしかして、昨日の襲撃はアクヒット家が!?)

だとしたら、アクヒット家がこんなところでうろうろしていることにも納得できしてしまう。逃げたラーナシュたちを捜(さが)そうとして、林の中に入っていったのだ。

茉莉花がこっそり冷(ひ)や汗(あせ)を流していると、金髪の青年が近づいてきた。

「女、どこからきた?」

「……」

茉莉花は、正直に答えてはならないことをわかっている。

このときのためにつくっておいた設定を、助かったという顔でくちにした。

「わたしは赤奏国からきた旅人です。昨夜はナギダの村に泊まりました。今夜はあの街で宿を取るつもりです」

答えてから、今気づきましたという表情で頭を下げる。

「助けてくださり、本当にありがとうございました！」

ただの旅人だという設定を信じてもらえるように、必死に演技を続ける。

「赤奏国の者か。お前の旅の目的は？」

「わたしは学者です。叉羅語の変化の歴史を調べるために、叉羅国を回っている最中です」

「なるほど。招かれざる者か。盗賊に襲われたのは自業自得だ」

金髪の青年はふんと嘲笑った。

「どこへ行くつもりだ？」

「首都のハヌバッリまで行くつもりです」

こちらの主張を信じてもらえただろうかと心配していると、金髪の青年は冷たい声を出す。

「招かれざる者で、おまけに女の一人旅だ。襲われたがっているようなものだな。異国の女、神の怒りを買いたくなければ、今すぐこの国から立ち去れ」

「そんな……！」

茉莉花は困ったという顔をしながら、金髪の青年の言動を冷静に観察し続ける。

(この方、言葉と態度は厳しくても、とても親切な人だわ。異国人の女を助けるだけではなく、出て行けという助言もしている)

本当に厳しくて冷たいだけの人なら、茉莉花を助けずに「神の怒りだ」と言って終わりにすることもできたはずだ。でも彼はそうしなかった。

司祭の一族であるアクヒット家だから優しくしてくれるのか、この人が心優しいからなのかはわからないが、賭けに出るべきかもしれない。

(アクヒット家の人たちが林の中にいたから、昨夜の襲撃はアクヒット家が行ったと思ったけれど、もしかすると違うのかもしれない)

襲撃者は、茉莉花を捜しているはずだ。

一人旅をしている女がいれば、必ず呼び止めて疑いのまなざしを向けるはず。

(この方は、逆にわたしの心配をした。この国から出て行けと助言をくれた。……少なくともこの人たちは、昨夜の襲撃に関わっていないし、ラーナシュさんたちの捜索もしていない)

ほんの少しほっとできる材料を手に入れたことで、茉莉花の選択肢は二つに絞られる。

(このまま一人旅を続け、盗賊や誘拐の危険にまたさらされるか。それともヴァルマ家と

アクヒット家が敵対していることを承知で、この方に首都まで同行させてほしいと頼むべきか)

少し前なら、一人旅を選んだ。

しかし、現実に茉莉花は盗賊に荷物をすべて盗られるどころか、生け贄として売り飛ばされるという危機に陥ったのだ。

(おそらく、次はもう助けてもらえない。今回は運がとてもよかっただけ)

気をつけていても襲われる可能性と、気をつけていればごまかせる可能性の二つを天秤にかけ、茉莉花は慎重に考える。

(わたしは、異国人の女性でも救いの手をさしのべるこの方の優しさに賭ける……!)

やるしかないと覚悟を決めた。

「……でしたら、わたしを貴方の客人にしてください！」

茉莉花は叫んで、頭を限界まで下げる。

しばらくしてからゆっくりと顔を上げれば、金髪の青年が驚いていた。

「わたしは言語に詳しい学者です！　赤奏語とシル・キタン語を話せます！　知識を対価に、首都までわたしを客人として招いてください！」

交渉は、最初に強気な要求をすること。

そして、譲歩したように見せかけて、本当の要求をあとからすること。

かつてシル・キタン軍の総司令官と一対一での交渉をした経験を生かし、茉莉花は必死に食らいつく。

「ふん、学者の割には随分と無知だ。アクヒット家は司祭の家で、女を近よらせるわけにはいかない。その程度のことも知らないとはな」

茉莉花は金髪の青年の言葉にはっとする。

女性と毎晩共寝をし、独り身であることを避けるヴァルマ家の常識に慣れてしまっていたが、普通の司祭は女性と距離を置くものだ。

（やっぱり、ヴァルマ家が特別なんだわ）

ラーナシュから、叉羅国は家という集団ごとに常識すら異なるという話を聞かされていたけれど、もはや法律も違うと思ってもいいのだろう。

（親切だからとすがってみたけれど、わたしが女性という理由で同行は駄目かもしれない）

アクヒット家が崇めている神や、特有の模様、今の当主やその家族の名前、そういうものは書物やラーナシュの話で学んできた。

しかし、知識があってもどうにもならないことはいくらでもある。残念だけれどここは引くべきところだと自分に言い聞かせた。

「ご無理を言ったようですみません。……って、あの？」

金髪の青年が茉莉花に手を伸ばしてくる。

支配階級だとわかる美しい指が、茉莉花のあごをもち上げた。

「まぁ、顔は悪くない。利用できそうだ。……エーダ！」

金髪の青年が名を呼べば、従者の中で最年長と思われる人が前に出てきた。

「青の鳥の世話をこの女に任せる」

「承知致しました」

エーダは自分のうしろに立っていた男から鳥かごを受け取り、茉莉花に差し出してくる。

茉莉花は、困惑しながらも鳥かごを受け取った。かごの中には青い鸚哥がいて、大きな声で鳴いて警戒していることを伝えてくる。

「これは……？」

「私は女の使用人を傍に置かない。しかし、愛玩動物の世話係なら女でもいい。お前の主人は私ではなく、ようやく手に入れた青き鸚哥だ」

どうやら茉莉花は、『ヴァルマ家の客人』から『叉羅語とその歴史を学びにきた赤奏国の学者』への設定変更のあとに、『アクヒット家が所有する青い鸚哥の世話係』という更なる設定変更をすることになってしまった。

（鳥の世話をしたことはないけれど……できるかな？）

不安はあるが、これで首都までの旅が安全なものになる。あと三日間、この設定をしっかり守ろう。

「よろしくお願いします、ご主人さま」

茉莉花はかごの中で鳴く青い鸚哥に挨拶をする。

金髪の青年は、もう茉莉花への興味を失っていて、エーダに「戻るぞ」と指示を出していた。

「あっ、あの、こちらの方のお名前は……？」

茉莉花はエーダに金髪の青年の名前を問う。

（この方がアクヒット家でどの位置にいるのか、確かめておかないと）

首都に到着して別れたあとは、できれば顔を合わせないようにしておきたいのだ。

ラーナシュの客人である茉莉花が、アクヒット家の人間を騙して旅に同行させてもらったと知られたら、絶対に揉める。

「女、このお方はシヴァン・アクヒット・チャダディーバさまだ。お前のような異国人が呼んでもいい名前ではない」

エーダの忠告に、茉莉花は慌てて頭を下げた。

「失礼しました！　気をつけます！」

謝罪しながら冷や汗をかく。

この名前は、つい昨夜、ラーナシュが紙に書いていたものだ。

（シヴァン・アクヒット・チャダディーバ……アクヒット家の現当主⁉）

無知というのは、ときに恐ろしいことをしてしまう。

「シヴァンさまの珍しいもの好きには困ったものだ」

「世話係にも珍しさを求めるなんてな」

使用人たちがのんきにシヴァンについて話している横で、茉莉花はとんでもない人に助けを求めてしまったと身体を震わせた。

第二章

アクヒット家の当主であるシヴァンの愛玩動物『青い鸚哥』の世話係になった茉莉花は、安全な旅をすることができた。

アクヒット家の荷物用の馬車の片隅に鸚哥と乗せてもらえたので、不規則な揺れにひたすら耐えていれば次の目的地に着く。

宿では鸚哥用に一室借りてくれたので、茉莉花は鸚哥のかごを寝台に置き、自分は長椅子で寝た。

自分は鸚哥の使用人だ。主人の世話という仕事を忠実に果たさなければならない。

そしてついに、叉羅国という遠い地の首都に足を踏み入れた。

「ここが首都ハヌバッリ……！」

見事な赤茶色の城壁の中央に、四角い大きな門がある。門には、赤、緑、青といった染料で神や神獣や人々の生活の様子がびっしり描かれていた。

門の中に入れば、尖塔と呼ばれる赤茶色の大きな塔がいくつも見えてくる。さらにその奥には、丸みを帯びた屋根をもつ巨大な宮殿があった。

直線だけでつくられた白楼国の月長城や赤奏国の茘枝城とはまったく違う形だ。慣れない形の建物に圧倒されてしまう。

（どの道も広い……！）

視線をどこに向けても、白楼国とも赤奏国とも色彩や形が違った。

ここは異国の地だと、建物や空気や人々が茉莉花の五感に訴えてくる。

「すごい……」

呆然と呟くと、シヴァンの使用人の一人が胸を張った。

「アクヒット家は王宮の少し手前にお屋敷があるんだ。あの赤い屋根と白い壁の大きな家がそうだよ。チャダディーバ神を奉る神殿も隣にある」

炎の神であるチャダディーバ神の神殿は、神に炎を捧げ続けている。神殿は高く長く、尖塔のような形になっていて、その先端からは煙が出ていた。

きっと香木も炎の中に入れられているのだろう。木をただ燃やすだけでは出てこない不思議な香りが漂っている。

「女はあの大きなお屋敷に入れない。敷地の端にある女だけの建物で暮らしている」

「わかりました。わたしはそちらに向かいます。この鳥かごはどうしましょうか」

「そっちの建物にもっていってくれ。チャナタリという女が、お前に指示を出すはずだ」

『チャナタリ』という女性は、きっと女性使用人をまとめている人だ。

茉莉花は鳥かごをもって挨拶をし、シヴァンにも挨拶できるのであればして、アクヒット家を出る。それからヴァルマ家に向かう。

(荷物をもったまま怪我なく首都に到着できて、本当によかった。シヴァン司祭のおかげだわ。ラーナシュさんたちも無事に首都へたどり着けているといいけれど……)

鸚哥の世話係になったあと、茉莉花の荷物は一通り調べられた。服の中に武器を隠しもっていないかも調べられた。

しかし、その身体検査は、使用人の一人が服の上から遠慮がちに茉莉花に触れて確かめるという程度のものである。全部脱げと言われてもしかたないと諦めていたが、配慮してもらえたらしい。

(シヴァン司祭は、異国の初対面の女性を首都まで連れていってくれる優しい人。だからこそ、叉羅国の問題は根深いのかもしれない)

シヴァンはとてもいい人だ。

でも彼はアクヒット家の当主として、ラーナシュを殺そうとするかもしれない。

(大きなものを背負う人は、個人としての行動を大きく制限される)

ラーナシュもシヴァンも、生まれる前から存在している因縁に囚われ、自由に動けなくなっているのだ。

「ここだ。失礼する」

茉莉花は使用人の男に連れられ、女性用の屋敷に入る。

使用人の男は、出迎えにきた女性へ茉莉花を簡単に紹介した。

「この女は、シヴァンさまの青い鸚哥の世話係だ。あとは頼んだ」

「承知致しました」

出迎えの女性は深々と頭を下げる。

この女性は、茉莉花よりも一回り年上だろうか。彼女が身につけているのは大きくて薄い布でつくられた叉羅国の民族衣装で、薄い緑色だ。服に刺繍された美しい模様につい見惚れてしまった。

「お名前を伺ってもよろしいでしょうか」

名を問われた茉莉花は、頭を下げながら答える。

「ジャスミンと申します。よろしくお願いします」

叉羅国では、ジャスミンという名前はそう珍しくない。

新しい偽名をわざわざつくっておきながら、呼ばれたときに反応できなかったなんてことになるよりも、多少はなじんでいてそう不自然ではない名前の方がいいはずだ。

「ジャスミンさまですね。まずは長旅の疲れを癒やしてください。すぐに浴室の準備と、新しいお召しものをご用意します。その間、こちらの青い鸚哥はお預かりしますね」

「え？　あの、わたしはただ鸚哥の世話係を一時的に任されただけです」

茉莉花は、明らかにもてなそうとしている女性に、自分は臨時の使用人だと慌てて説明する。

「青い鸚哥をチャナタリさんに託したら、ご当主さまにご挨拶をして、ここを発つつもりですので……」

茉莉花は茶すら必要ない立場だ。けれども、眼の前の女性はなぜか引き下がらなかった。

「チャナタリさまにご挨拶をするのであれば、なおのことお召し替えをしていただきませんと……」

長旅でくたびれている服に、靴に、埃っぽい身体。

立派な宿屋に泊まっていたとはいえ、旅をすれば必ず汚れる。

茉莉花は自分の姿を見下ろしたあと、言葉に詰まってしまった。

（……う～ん、たしかに旅装のままというのは失礼かもしれないわ）

きちんとした服装で挨拶をして礼を述べるのは、当然のことだ。

手間をかけさせるのは申し訳ないが、ここはお世話になったアクヒット家の常識に従うべきだろう。

「わかりました。お手数おかけしますが、着替えを貸していただけませんか？」

「勿論です。ではこちらへどうぞ」

女性のあとをついて行くと、浴室へ入るようにと言われる。

服を脱ぐのを手伝いますと申し出られたが、それは断った。

茉莉花は、首にかけていた革袋をそっとさわる。しかし、その革袋はしぼんでいて、中身があるようには見えなかった。

「いざというときのために、胸の中に隠しておいて正解だったわ」

茉莉花はラーナシュと離れてから、コ・イ・ヌールを布でくるみ、左胸にずっと入れていた。そのままだと左胸だけが膨らむので、右胸には布を詰めておいた。

（身体検査をするとき、まず肩をさわる。そのまま手を下にずらして腕を撫でて、次は脇に手を当てて脇腹へ、それからおなかの表と裏を確かめてから足に向かう）

一番見つかりにくいところが胸だと気づいた茉莉花は、胸の部分に金剛石を入れておくことにした。そのおかげか、怪しまれたことはない。

（あと少しで安全な場所に入れる。ラーナシュさんたちも無事でいますように……！）

ヴァルマ家はすぐそこだ。

ラーナシュがヴァルマ家に戻っていたら、互いの無事を喜び合い、いなければラーナシュの叔父に事情を話し、コ・イ・ヌールを託す。

そのためにも、疑われないように慎重に行動すべきだ。

言われた通りに浴室で身を清め、チャナタリに挨拶をし、シヴァンに礼を述べて別れの挨拶をし、『アクヒット家が所有する青い鸚哥の世話係』という設定を『叉羅語とその歴史を学びにきた赤奏国の学者』という設定に戻さなければならない。

「よし……！」

茉莉花は気合を入れ、コ・イ・ヌールを急いで革袋の中に入れた。

入浴中にもちものを調べられる可能性は充分にある。この身体からコ・イ・ヌールを離すわけにはいかない。

浴室を借りて身を清め終えた茉莉花は、思わずため息をついてしまった。

なぜなら、使用人のための浴室があまりにも豪華すぎて、ずっと緊張し続けなければならなかったのだ。

（純金や宝石で飾られている浴室なんて、白楼国の後宮でも見なかった。アクヒット家はとんでもないお金持ちみたいね）

当主のための浴室と言われても、納得できてしまうものだった。これが使用人のための浴室だなんて信じられない。

（おまけに、入浴の手伝いに三人もきてくれたから、コ・イ・ヌールのことをずっと心配しなくてはいけなくて……）

シヴァンといい、女性の使用人といい、アクヒット家は親切すぎる人ばかりである。

そんな人たちを相手に身元を偽っていることへ、罪悪感を抱いてしまった。

（やっぱり、嘘はつきたくないな。わたし、間諜には向いていないみたい）

胃が重たくなりながらも、鮮やかで美しい布を身体に巻きつけていく。最後に、ずしりとした重みのある金色の飾りをあちこちにつけた。

（この重さ、絶対に純金……！　こんな高価なものをただの旅人に貸してもいいの!?）

金色の飾りに埋めこまれている赤い色の宝石は、柘榴石だ。

全身を高価すぎるもので包まれた茉莉花は、冷や汗が止まらない。

転んで傷をつけたら、自分の給金だけでは弁償できないだろう。

（慎重に、慎重に動こう）

茉莉花は、手首の飾りを見るふりをしながら、そろりと視線を左右に動かした。

すると、置いておいたはずの自分の服が、いつの間にかなくなっている。

「あの……わたしの服はどこにあるのでしょうか」

やっぱりもちものをたしかめられたのかと警戒すると、入浴を手伝ってくれた女性たちは微笑みながら驚くことを告げた。

「汚れていた服は、こちらで処分致しました」

「処分!?」

挨拶をしたあと、裸で出ていくわけにはいかない。

少し考えればわかることなのに、なぜこんなことをしたのだろうか。

「着るものがないと困ります……！」

「新しい服をご用意しますので、ご安心ください。明日には仕立屋を呼びます」

「いえいえ、そういうのも困ります！」

金で解決するという金持ちの考え方は、茉莉花に合わない。

今から会うチャナタリに一日だけ地味な服を貸してほしいと頼み、あとでこっそり返しにくるしかなさそうだ。

茉莉花は、チャナタリをアクヒット家の女性だと思っていたのだが、違ったらしい。

それに気づけたのは、チャナタリの自己紹介のときだった。

「私はガルーダの世話をしているチャナタリ・ムザウル・チャダディーバよ」

豊かで艶やかな黒い髪に、宝石のような輝きを見せる緑色の瞳。

緋色と金でできた衣装を着こなした美しい女性であるチャナタリは、茉莉花を上から下までじっくりと眺めていた。

（名字がアクヒットではない……？　ということは、この屋敷は女性の使用人だけが住んでいるの？）

使用人しか住まない屋敷なのに、この部屋は随分と値段が高そうな家具を置いている。

アクヒット家は、やはり信じられないほどの金持ちだ。

「貴女、名前は？」

「学者のジャスミンと申します。赤奏国からきました。本当の名前はこちらの方には呼びにくいでしょうから、似た音の『ジャスミン』と呼んでください」

生まれも育ちも白楼国で、茉莉花という名前はジャスミンという発音とまったく似ていないのだが、相手を誤解させる言葉をわざと選んだ。

「『神の贈りもの』……ふぅん、そういうことね」

チャナタリは真っ赤に塗られたくちびるを人差し指でたどる。

色っぽい仕草に、茉莉花はどきどきしてしまった。

（白楼国の後宮で、美しい人を見慣れたと思っていたけれど……）

珀陽の妃たちは珀陽の寵愛を得るために、いつも美しい姿を保っていた。しかし、チャナタリは彼女たちの誰にも似ていない。一体、なにが違うのだろうか。

「こちらのご当主さまには大変お世話になりました。おかげさまで、無事首都に着くことができました。ただの学者であるわたしが、ご当主さまへ直接ご挨拶に伺うのも失礼かと思います。差し支えなければ、チャナタリさんからよろしくお伝えください」

これで帰ります、と茉莉花が挨拶を終えれば、チャナタリが眼を見開く。

「帰るって、どこに？」

「わたしは旅の途中でご当主さまと出会いました。異国人の女性の一人旅は危険だという親切な助言を頂いたので、首都に着くまで『青い鸚哥の世話係』として雇ってもらうことになったのです。……あ、道中大変お世話になりましたので、ささやかではありますがお礼をさせてください」

チャダディーバ神への寄付という形にしたら、異国人からでもきっと受け取ってくれるはずだ。

茉莉花がもってきた荷物は、入浴の最中にすべて綺麗な袋へ入れ替えられていたので、そこからできる限りの謝礼金を出そう。

「ふうん」

チャナタリは赤いくちびるの端を上げる。

「私は事情をなにも知らないの。貴女をこのまま返してもいいのか、司祭さまにお尋ねしないと。それまでは青い鸚哥の世話係を続けてくれる？」

「わかりました。……あの、もしかして、『ご当主さま』ではなくて『司祭さま』とお呼びするのが適切でしょうか」

チャナタリはシヴァンを『司祭さま』と呼んだ。

アクヒット家についての知識は、白楼国の書物から得たものと、ラーナシュの話から得たものだけだ。こういう細かい決まりごとを事前に手に入れるのは難しい。

「女性の使用人は、司祭さまのお名前をくちにすることは許されていないの。だったら『ご当主さま』と呼んでもいいと思うかもしれないけれど、司祭という素晴らしい仕事をなさっていることに敬意をこめて、『司祭さま』とお呼びするべきではないかしら？」

「……気をつけます！」

茉莉花は、青い鸚哥の世話係を任されてからシヴァンと顔を合わせる機会がなかったので、失礼な呼び方をせずにすんだらしい。不幸中の幸いだ。

「呼ばれるまで、鸚哥の世話をしながら待っていて。部屋を用意させるわ」

「ありがとうございます」

頭を下げて礼を言うと、チャナタリが面白そうに笑った。

「またあとでゆっくりお喋りでもしましょう。……誰か、十三人目を部屋に案内して」

チャナタリが扉の向こうに呼びかけると、新たな女性の使用人が現れる。

茉莉花は、チャナタリに頭を下げたあと、鳥かごを持ってチャナタリの部屋を出た。

（使用人しか住んでいないのに、随分と広い屋敷……。気をつけないと迷うわね）

歩きながら建物の構造を頭に入れていく。

角を二回曲がったあと、庭に面した部屋に通された。

「こちらでございます。扉のところに必ず誰かが控えておりますので、ご用があればいつでもお申しつけください」

「ありがとうございます。……でもわたしはここの客人ではないので、これ以上のご迷惑をおかけするわけにはいきません」

茉莉花は、シヴァンに別れの挨拶がしたいだけだ。そして、それまではシヴァンの愛玩動物の世話をするだけである。

「とんでもございません。司祭さまの鸚哥のお世話係は、誰にでもできることではありません。まずは旅の疲れをゆっくり癒やしてください」

「……ありがとうございます」

よほど手に入れたがっていた鸚哥だったのだろうかと、鳥かごの中の青い鸚哥を見る。

(シヴァン司祭は、珍しいもの好きだと言われていたわね。青い鸚哥は珍しいから、その世話係の地位はけっこう高いのかもしれない)

白楼国の後宮にも、働く女性の序列というものがあった。

まずは宮女と女官の二つに分けられていて、宮女と女官の中にもそれぞれ色々な位があり、位が同じなら先任者を尊重しなければならないし、同じ時期に昇格した者同士なら年上の方が偉い……と細かく決まっている。

(今のわたしは、女官のような位なのかも)

女性使用人のまとめ役であるチャナタリは、ガルーダの世話係だと言っていた。

ガルーダというのは、炎の神チャヤダディーバの使いである神鳥のことだ。

(伝説上の鳥であるガルーダの世話係は、宗教的な意味合いをもつ大事な職なのね)

きっとチャナタリは、ガルーダの像を磨き、お供えをする役目を担っているのだ。

(叉羅国の動物は、神の使いといわれている。アクヒット家は特に動物を大事にする家なのかもしれない)

手に入れた情報を分析しつつ、とりあえず椅子に座る。綺麗に磨かれた木の椅子には、とても繊細な模様が刻まれていた。この部屋の家具の値段も高そうだ。

(今すぐ床を磨けと言われる方が楽なんだけれどな)

しかし、茉莉花の目的は、床を磨くことではない。早くラーナシュと合流し、コ・イ・ヌールをヴァルマ家に返し、叉羅国内を視察して大きな手柄に繋がる『なにか』を得なければならないのだ。

(でも、ただ見るだけで、この国を本当に理解できるのかしら)

ヴァルマ家とアクヒット家は、同じ国の同じ司祭の一族なのに、違うところばかりである。その違いを見つけて『叉羅国はこんなところです』と言えるようになることが『理解』なのだろうか。

これからラーナシュに恩を……いや、ラーナシュに限らず、白楼国のためになるような恩をあちこちに売らなければならないのに、表面上の違いばかりに意識が向いている気がする。

（このままでは駄目だわ。もっと違う視点から叉羅国を見ないと。……それだけはわかるのに）

茉莉花は、答えが出ないもどかしさに耐えることしかできなかった。

夜、シヴァンから「鸚哥の状態を報告をしろ」と呼び出された茉莉花は、鳥かごをもってシヴァンがいるという部屋を訪ねた。

（うわぁ……すごい部屋……！）

珀陽の執務室にも、暁月の私室にも入ったことがある。

けれどこの部屋は、そのどちらとも違う種類の絢爛豪華な内装だった。

（色と重みと艶のせいね）

白楼国や赤奏国の卓や椅子、棚といったものは、高級品ほど滑らかで、指で撫でればあとがつき、顔が映りそうなぐらいに磨かれている。

しかし、叉羅国の高級品は違う。どこをさわってもひっかかりがあるのだ。それは磨かれていないという意味ではなく、模様が隙間なく染料で描かれているからである。

「物珍しそうな顔をしているな」

「……あっ、失礼しました！」

茉莉花は鳥かごをもったまま、慌ててシヴァンに頭を下げる。

豪奢な椅子に座っているシヴァンは、かなり地味な服を着ていた。まるで今からこの部屋で寝ますといわんばかりの姿だ。

「ご挨拶が遅れて申し訳ありません。三日間、色々なご配慮をくださり、本当にありがとうございました。明日には叉羅国の言語と歴史の調査を再開するつもりです」

感謝の気持ちに、今後の予定をそっと添える。

茉莉花はこれで別れの挨拶をすませたつもりになっていた。しかし、シヴァンは違ったらしく、鼻で笑い飛ばされる。

「その鸚哥はどうする？」

「他の方にお世話をお願いするつもりです」

とりあえず、チャナタリに託すのが一番いいのではないだろうか。彼女なら適切な後任を選んでくれるだろう。

「私はお前に世話を任せた。無責任なことをしてもらっては困る」

「ええっと……」

話がやっかいな方向へ進み出していることに、茉莉花は嫌でも気づいてしまった。

アクヒット家なら新しい世話係をいくらでも用意できるはずだが、シヴァンはシヴァンなりの選定基準があったらしく、茉莉花を引き留めてくる。

（珍しい青い色の鸚哥だから、異国人のわたしを世話係にしたかった……とか？）

首都にはいくらでも異国人がいるはずだ。職を探している女性となると限られてしまうかもしれないが、アクヒット家からよい給金がもらえるのであれば、喜んで転職してくれる人も必ず現れるだろう。

「明日、街で後任の方を探してみます。なにか条件があれば……」

そこまで言ったところで、茉莉花は「あれ？」と首をかしげてしまう。

当たり前のように『女性』を探そうとしたのだが、『男性』でもいいはずだ。

（わたし、なんで女性だと思いこんだのかしら。女性でなければならないなんてこと、一度も聞いていないのに）

——動物の世話係の給金がどのぐらいなのか。

——男性でもいいのか。

この二つをまずは確認しなければならない。

しかし、その前にシヴァンが大きな声で笑い出した。

「恩知らずな娘だ。恩を返そうという気はないのか？」

シヴァンから冷たい視線を向けられた茉莉花は、背筋を伸ばす。

「申し訳ありません。明日、手もちのものを換金してきますので、ささやかではありますすがお礼をさせてください」

シヴァンの言う通りだ。世話になった側の茉莉花は、シヴァンが望む通りの謝礼をすべきである。

荷物の中に、換金できそうなものはいくつかある。いざというときのために用意してきたものが、早速役立ちそうだ。

換金した金と、後任の世話係を用意して、シヴァンへ感謝の気持ちを示す。

今の自分にできる精いっぱいのことを考えていたら、シヴァンに手首を摑まれた。

「この私が金に困っているとでも？　私は『誠意を見せろ』と言っているんだ」

労働力に困っているようにも見えないが、これは『働いて恩返しをしろ』という意味だろう。

シヴァンには本当に助けられた。命も荷物もまだしっかりあるのは、シヴァンのおかげだ。

（恩返しに宗教的な意味があるのかもしれない。アクヒット家が神への寄付や奉仕というものを大事にしているのなら、わたしも大事にすべきだわ）

ただの金持ちというわけではないアクヒット家の常識を、また一つ知った。しかし、それだけならいいのだが、知れば知るほどなぜか理解から遠ざかっている気がする。

「大変失礼しました。ここでしばらく働かせてください。ですが、わたしは旅の途中ですので、期間を区切ってもらえると助かります」

できれば数日間。無理なら十日間。

ラーナシュが無事なら、自分を探しているはずだ。どうにかしてラーナシュたちと連絡が取れたら、もう少し延長してもいい。

「なら十日間だ。世話係をしっかり務め上げろ。お前をここまで同行させた費用はそのぐらいだろう」

シヴァンは、十日の無償奉仕で解放すると言ってくれた。

茉莉花はほっとし、頭を深く下げる。

「ありがとうございます。誠心誠意務めます」

十日間の無償奉仕は、長い目で見ればむしろ茉莉花のためになるかもしれない。

(折角だから、アクヒット家の話をもっと聞きたいし……)

昼間、茉莉花の他に十二人いる世話係の一人が、茉莉花の部屋を訪ねにきてくれた。彼女は異国人の茉莉花に興味をもったらしい。少し話をしただけだが、仲よくなれそうだった。

それに、十日間あれば、ずっと不安に思っていることへの答えが出るかもしれない。

叉羅国の表面だけを見ているような感覚の原因を、なんとかして掴みたかった。

「では、早速ですが、青い鸚哥についての報告をします。アクヒット家についてからも餌をよく食べ、水を飲み、新しい環境にもなじんでいるようです。できれば鳥かごから出して部屋の中で遊ばせたいのですが、よろしいでしょうか」

狭い鳥かごの中に入れられたままでは鸚哥も窮屈だろう。

いつもというわけにはいかないだろうが、一日に何度かは広い部屋で飛べるようにしてあげたい。それから水浴びも思う存分させたい。

許可をもらったら明日から早速……と考えていると、シヴァンが笑い出した。

「……はっ、ははは！　それは演技か？　それともそういう方向でいくつもりか？」

自分の仕事を果たそうとする茉莉花の姿は、シヴァンからは『演技』に見えたようだ。

茉莉花は、鳥は無条件に可愛いものだと思っているし、世話をしてきたこの青い鸚哥に愛着ももっている。けれども、神の使いである動物を大事にしているこの国の人から見れば、自分の世話と愛着は薄っぺらく感じられたのかもしれない。

これからもっと誠心誠意をこめて世話をしようと反省していたら、シヴァンが茉莉花の手にある鳥かごを奪い取った。

「珍しい青い鸚哥だ。わざわざ自ら出向いただけはある。鸚哥はうるさいが、たまに眺めるぐらいなら愛らしい」

シヴァンは鳥かごを卓の上に置き、奥の部屋に向かう。

「こい。お前の仕事を教えてやる」

「ここに置いておけ。そのうち誰かが取りにくる。連れて行けばうるさくてかなわん」

茉莉花は、シヴァンに言われるまま奥の部屋に入る。その部屋の絨毯の上には、大きな寝台が置かれていた。

（あれ？　シヴァン司祭は本邸に住んでいるのよね？　ならこの寝台はなんのために？）

万が一に備えて、司祭がこの屋敷で倒れたとき用のものだろうかと首をかしげていると、シヴァンは寝台に腰を下ろす。

「さっさと服を脱げ。そのぐらいは自分でできるだろう」

シヴァンの前に立っている茉莉花は、自分の服を見る。

胸の中のコ・イ・ヌールの存在が知られたのだろうかと不安になったあと、なにかがおかしいことにようやく気づいた。

（待って。どこかでずれてしまって、そのまま進んでいるような……。結婚をしない司祭……徹底して女性を入れない本邸……美しい女性の世話係……夜に寝台のあるこの部屋での報告……）

まさか、と茉莉花は思わず数歩下がる。


「あの、鳥かごは……」

シヴァンは再び声を立てて笑った。

「驚いたか？　権力者なんてそんなものだ。大義名分を使って女を囲う」

「お、驚いたというか……」

寧ろ、すべてのことに納得してしまった。

（わたし、シヴァン司祭の『愛人』になっていたの⁉）

神の使いである動物の世話係は、シヴァンの愛人たちの表向きの役職だ。

司祭であるシヴァンは妻をもてないという教えを守らなければならないので、表向きは神の使いの世話係の女性の報告を受けるという形にして、こっそり愛人との夜を楽しんでいるのだろう。

（使用人の皆さんが世話係のわたしにとても優しくしてくれたのは、わたしが愛人だったからなのね……！）

妻をもてないシヴァンに最も近い女性は、シヴァンの愛人だ。

きっと愛人たちはシヴァンにおねだりをして、金や権力を手に入れてきた。他の使用人は、権力をもつ愛人からにらまれるわけにはいかないので、愛人に一生懸命仕えている。

（チャナタリさんは、愛人のまとめ役でもある……と）

たしかに、彼女ならシヴァンの愛人をまとめられそうだ。

（『司祭なだけあってとても誠実で親切な方だ』という勝手な思い込みをしていたみた

い……！　わたしを助けてくれたのは、異国人を愛人にしたかったからなのかも……！）

　豪華な浴室で身を清めさせてくれたのも、美しい絹の服を着せてくれたのも、チャナタリが帰ろうとする茉莉花を引き止めたのも、なにからなにまで『シヴァンの愛人』への対応だったのだ。

（ここにきてようやく気づくなんて……！　叉羅国の文化や常識を学ぶことに集中しすぎて、気持ちの余裕がなくなっていたみたい）

　茉莉花は、『ヴァルマ家の客人』という設定から『叉羅語とその歴史を学びにきた赤奏国の学者』という設定に変更したあと、さらに『アクヒット家が所有する青い鸚哥の世話係』という設定に変更することになった。しかし、知らない間にどうやら『シヴァンの愛人』という設定変更もされていたようだ。

「司祭なのに汚らわしいと軽蔑するか？　それとも恐怖を感じて泣くか？　お前の『なにも知らない小娘』という設定を楽しませろ」

　シヴァンに新たな設定を加えられ、茉莉花は自分の思考の世界から慌てて戻る。

「あっ、すみません！　ようやく自分の仕事内容を理解しました！」

　茉莉花のやるべきことは、鸚哥の世話と鳥かごの掃除ではなく、着飾ることだ。誠意のない仕事を生まれて初めてしてしまったらしい。

「世話係には、愛人という役割が含まれていたんですね」

「ああ、そうだ。驚いたか？」

「いえ、わたしはよくあることだと思います」

シヴァンは妻を迎えられないのだから、妻をもちながら愛人をつくる男よりも、誠実な人かもしれない。いや、神の教えに対してはまったく誠実ではないのだが。

「……よくあることなのか？」

茉莉花の言葉に、今度はシヴァンが戸惑ってしまう。

──軽蔑か、怒りか、恐怖か。

茉莉花の反応は、シヴァンの予想のどれでもなかったのだ。

（うん、後宮では『よくあること』よね）

茉莉花は宮女として、女官として、後宮で働いていたことがある。そのせいで、皇帝の妃が多くいることになれきってしまった。愛人を何人もつくるなんて、と驚くのは今更すぎる。

「私は十三人もの愛人を抱えているんだぞ！」

「わたしの経験上では、そこまで多くないと思います」

珀陽の後宮にいる妃と女官の数に比べたら、十三人はかなり少ない。

その珀陽の後宮でさえ、歴代の皇帝の後宮と比べると、規模はかなり控えめだと聞いたことがあった。

「私は毎日愛人をとっかえひっかえしているのだぞ！」

「とてもご立派だと思います」

珀陽は妃に手を出さない。妃が珀陽の息子(むすこ)を産んでしまったら、間違いなく皇太子(こうたいし)争いが始まってしまうからだ。

白楼国を弱体化させないため、火種(ひだね)をできるだけ残さないという珀陽の配慮は、事情を知らない女官たちにとっては悩みの種だった。

女官長たちがシヴァンの話を聞いたら、珀陽に見習ってほしいと嘆くだろう。

「待て、お前はなぜそんなに落ち着いている⁉」

「え、ええ……⁉」

茉莉花としては、なぜそんな風に責められなければならないのかわからない。

シヴァンはここにきて、理不尽(りふじん)すぎる上司のようなことを言い出した。

（偉い人は理不尽の塊(かたまり)だからしかたないわね）

ラーナシュは善意(ぜんい)の塊だった。あれはあれで恐ろしかった。善意からの行為は、拒むことがとても難しい。

「よくわからない娘だな。まぁ、いい。さっさと服を……」

シヴァンはため息をついたあと、話を最初のところへ戻す。

茉莉花は、いざとなったら逃げ出すことも選択肢に入れておいた。

「お断りします」

「そう、お前の仕事……、うん？　断るだと⁉」

「わたしの仕事は、青い鸚哥の世話です。司祭さまがそうおっしゃいました」

はっきり「否」を突きつけながら、茉莉花は別のことを考え始める。

——叉羅国について学んで知識を得ても、理解できていないのではないか。

ずっと抱えていた不安の原因が、ようやく見えてきたのかもしれない。

（叉羅国で生まれ育てば、自然に身につくものがある。それを身につけないまま叉羅国を理解しようとしても、こんな風にあとから大きなずれを生じさせてしまう）

この屋敷の全員が、動物の世話係がシヴァンの愛人であることを知っていた。皆が茉莉花を愛人扱いしていた。勿論、彼女たちは茉莉花を騙す気なんてなかったはずだ。

それでも茉莉花は、シヴァンの愛人になっていることに気づけなかった。

（「そうだったのか」だけでは駄目。どうして気づけなかったのかを考えないと）

——疑問に思い、質問をし、答えを得る。

それはたしかに理解への第一歩だ。でも、それだけでは「そうだったのか」を繰り返すだけで、受け身の理解しかできない。

（受け身だけでは、得られるものが偏る）

自ら行動しなければわからないことが、きっとある。

「最初にきちんと説明していない以上、わたしに『愛人になれ』という強要はできません」

シヴァンの命令をはっきり拒絶しながら、茉莉花はこれからどうすべきかを悩んだ。

ヴァルマ家の客人のままでは駄目だ。赤奏国の学者でも駄目だ。異国の人だという配慮をされてしまうと、自分に入ってくるものは相手によって取捨選択された情報になる。

「無知は罪だ。知らなかった方が悪い。それでも愛人を嫌がるというのなら……」

神の使いの世話係も駄目だ。他の使用人に世話をされた時点で、ヴァルマ家の客人となにも変わらなくなる。

「ただの下働きになるがいい。薄汚れた布をまとい、朝から夜までこの屋敷を磨くんだな」

シヴァンの言葉に、茉莉花は「それだ！」と身を乗り出す。

「はい！　ありがとうございます！」

やっと先が見えてきた。今の自分は、お客さま扱いをされずに、この国の人と同じように暮らしてみなければならないのだ。

やってみたくなったときにちょうどその機会を与えられるなんて、運がよすぎる。

（もしかすると、シヴァン司祭は幸運を運んでくれる方なのかもしれない。盗賊に襲われたときは助けてくれたし、叉羅国の人と同じように働いて暮らしてみたいと思ったときは下働きにしてくれたし……！）

さすがは司祭だと、茉莉花は手のひらをくるりと返す。

「本当に感謝します。がんばります！」

アクヒット家の下働きは、間違いなく待遇（たいぐう）がいい。

叉羅国にきたばかりの茉莉花にとって、最高の職場だ。

「……いや、まあ、がんばるのはけっこうだが……。普通は愛人を選ばないか……？　私がおかしいのか？　お前は異国人で、愛人としての利用価値があるから拾ったんだぞ……!?」

意気ごむ茉莉花を見せられたシヴァンは、不安になってくる。

「異国人にとっては、愛人よりも下働きの方が地位が上なのか……？」

シヴァンはついに茉莉花の理解を諦め、好きにしろと投げやりに吐き捨てた。


白楼国（はくろうこく）の月長城（げっちょうじょう）の奥にある皇帝（こうてい）の執務室（しつむしつ）、そこに姿を現したのは封大虎（ふうたいこ）である。

『封大虎』は、仕事で使っている名前だ。本当の身分は皇帝の異母弟（いぼてい）で、本当の名前は『冬虎（とうこ）』である。

「言われた通り、商忠帆（しょうちゅうはん）と飲み友だちになった」

大虎の報告に、皇帝『珀陽（はくよう）』は満足そうに頷（うなず）いた。

「六涼仁とはどうなっている？」

「顔見知りになったところ」

「充分だよ。そのまま顔見知りを維持するように」

大虎は官吏の監査を担当する独立した機関『御史台』で働いている。

自らそこで働きたいと言い出すような勤勉さはなかったが、頼りになる後ろ盾をもっていなかったので、しかたなく一人でも生きられるようにしなければならなかったのだ。

軽い気持ちで珀陽に「働き口はないか」と尋ねてしまった結果、珀陽の手足となって言われた通りに動いている。

（でも、なんていうかさぁ）

未だに子どもの間諜ごっこのような仕事しかしていない。

――この人と知り合いになってね。この人と友だちになってね。

そんな仕事とは言えないようなことしか任されていなくて、本当にこのままでいいのかという気持ちになってしまう。

「……ねぇ、僕さ、こんな簡単な仕事ばかりでいいの？」

大虎が不満をぶつければ、珀陽は笑顔を見せてくれた。

「今は経験を積んで、できることを増やしていく時期だよ」

異母兄の珀陽は皇帝として毎日忙しくしていて、最近友だちになったばかりの茉莉花は禁色（きんじき）の小物を与（あた）えられるほどの功績（こうせき）をもつ文官（ぶんかん）で、御史台の知り合いである翔景（しょうけい）もまた優秀（ゆうしゅう）すぎる文官だ。

焦（あせ）る気持ちが、大虎の中にいつもある。

「茉莉花と自分を比べるのはやめた方がいい。茉莉花は別格だ。張り合えるのは子星（しせい）ぐらいだろうから」

大虎が納得（なっとく）いかないという顔をしていたら、珀陽が心を読んだかのように忠告してきた。なんだか面白（おもしろ）くない。

「まだなにも言っていないんだけれど？」

「顔が言っていた気がしたんだけれどね」

これは失礼、と珀陽がちっとも失礼と思っていない笑顔で謝（あやま）ってくる。

「あ、茉莉花さんと言えば、『陛下（へいか）の小さいころの話をよかったら教えてほしい』って頼（たの）まれたんだけれど……」

「小さいころから優（やさ）しくて立派な兄だった、と言っておくように」

「はいはい、嘘（うそ）をつけってことね」

大虎は茉莉花に頼まれたとき、一応本人に許可を取ってから話すねと言っておいた。

——やっぱり、隠（かく）しておきたい恥（は）ずかしい話もあるだろうし。勝手に話したら怒（おこ）られちゃうからさ。

楽しみにしていてねと大虎が笑えば、茉莉花はとても喜んでいたのだ。

「……子どものころの話か。なんで本人に直接訊かないんだろう。いくらでも話すのに」

珀陽の呟きに、大虎はわかっていないなぁと呆れた声を出す。

「だって、兄上って怖いし。僕の方が仲よしだし。……って、」

いてぇ!! という大虎の大きな悲鳴が、珀陽の執務室の外まで響いた。

「なにをしているんですか？」

偶然にも珀陽の執務室を訪ねてきた子星は、大虎の悲鳴を聞いて慌てて部屋に入る。

すると、珀陽と大虎が同時に振り返った。

「兄上が！　叩いた！」

「冬虎が悪い」

涙目の大虎と機嫌の悪そうな珀陽が、それぞれ説明になっていない説明をしてくれる。

子星はなるほどと頷いたあと、頭が痛くなってしまった。

「貴方たちはいくつになっても同じようなことを……」

詳しい事情なんて聞きたくない。本人たちにとっては重大な事件かもしれないが、子星にとってはくだらない日常である。

「二人とも大きくなったんですから、仲直りは自分たちだけでがんばりましょうね」

「兄上が謝るわけないよ！」

「まぁ、それもそうです」

子星は珀陽に近づき、珀陽の頭を摑んで無理やり下げさせる。

小さいころ、珀陽が他の子を泣かせたときに、何度も一緒に謝りに行った。珀陽ならやってはいけないことぐらいわざわざ言わなくてもわかっているし、理性で苛立ちを抑えこめるはずなのだが、なぜかそうしないときがあったのだ。

おそらく、自分がどこかで教え方を間違えたのだろう。

「これで謝ったことにしてあげてください。一応、皇帝陛下なので」

「ええ～？」

大虎は不満そうな顔だったが、渋々引き下がってくれた。子星は、弟の方が大人でどうするんだと、珀陽にため息をついてやる。

珀陽はというと、余計なことを言ったらさらに叱られることを察したのか、もう終わった話だという顔になっていた。相変わらず、撤退の判断が的確な子だ。

「兄上は茉莉花さんを好きだから、本当のことを言われるとすぐに怒っ……」

子星は慌てて大虎のくちを手でふさいだ。

大虎も大虎で、昔から珀陽を無自覚に煽っては怒らせてしまう。

「冬虎皇子殿下は、もう少し考えてから喋るようにしましょう」

くだらない兄弟喧嘩は、そろそろ卒業すべきだ。

こんなところを他の人に見られたら、珀陽の薄皮一枚しかない威厳がなくなってしまう。

「貴方たちは、茉莉花さんが帰ってきたあとのことを考えていなさい。茉莉花さんがいない間、なにもしていませんでしたでは恥ずかしいですよ」

子星は家庭教師時代に戻り、ついつい二人に口やかましいことを言ってしまった。

しまったと思って咳払いしたが、どちらも気にした様子はなさそうだ。

「それはそうだけどさぁ、まずは帰ってきたあとの話じゃなくて、帰ってくる前の話じゃない？　だって茉莉花さんは叉羅国まで行くんでしょ？　子星だって茉莉花さんのことが心配にならない？」

「茉莉花さんのことなら心配しなくても大丈夫です。私の教え子の中でも優秀すぎる人ですからね」

子星が自信満々に言いきれば、珀陽がくちをはさんできた。

「なら私は？」

「未だに弟をいじめる人を優秀だと評価するのは、難しいところですね」

「おっと、そこそこ優秀ぐらいで充分だよ」

余計なことを言ってしまったと気づいた珀陽は、おとなしく引き下がる。

「冬虎皇子殿下、たとえば……そうですね。シル・キタン国を理解しろと言われたら、貴方はどうやって理解しますか？」

子星の問いに、大虎はう〜んと考える。

「まずは勉強する。書物を読んでどういう国かを学んで、シル・キタン語を覚えて、シル・キタン国の人と話して仲よくなって色々教えてもらう」

「いい答えです」

大虎の答えには、大虎にできるすべてのことが入っていた。

自分をよく知ることはとても大切だ。

「では、シル・キタン語を覚えるまでにどのぐらいかかりそうですか？」

「挨拶だけならすぐに。身振り手振りなしである程度の日常会話ができるまでなら十日はかかるよ」

大虎は言葉なくても人と交流できるし、親しくもなれる。

一種の才能をもっていることに本人は無自覚だが、珀陽がきっちり理解して利用しているので、今はこれでいいだろう。

「シル・キタン国の人と細かい話し合いができるようになるまでには？」

「半年ぐらいはかかりそう。それでも誤解や読み違えは絶対にある」

「そうですね。母国語でも完璧な意思疎通は難しいものです」

うんうんと子星は微笑む。

「ですが、細かい話し合いができるようになると、『シル・キタン国を理解できた』と言いたくなりませんか？」

大虎は少し考えたあと、言いたくなると素直に頷いた。

「異国語での会話ができるようになって、異国の文化への驚きが減ったとしても、それはただの『慣れ』です。理解とは違うものなんですよ」

「え？　ええ？」

混乱する大虎に、珀陽が紙を一枚渡す。

「鳥、折れる？」

「折れるよ」

それぐらいなら簡単だと、大虎は紙を手早く折る。

珀陽はできあがった紙の鳥の翼を、指でつまんで広げた。

「この羽の先、元々の四角い紙のどの部分だったかわかる？」

大虎は、自分が折った鳥をじっと見つめてみたのだが、答えは出てこない。

「どの部分だろう。考えたこともない」

「うん。構造を理解していなくても、慣れで鳥を折れる。子星が言いたいのって、そういうことだよ。慣れると作業が速くなるし便利だけれど、理解とは違うってね」

「あ〜、わかった気がする」

珀陽が大虎に教える。大虎は理解して眼を輝かせる。

子星にとっては昔からよく見てきた光景なのだが、やはり微笑ましい。

「慣れと理解が違うとわかったところで、話を進めましょうか。茉莉花さんは、叉羅国に慣れるだけなら行く前にできています」

「行く前なのに慣れることができるの？」

「茉莉花さんなら、異国語なんて集中したら三日でどうにかなりますよ。発音に関しては、向いている言語と向いていない言語があるので、上手い下手はあるでしょうが」

幸いにも叉羅語は、耳で聞き取りやすい。

発音練習を繰り返せば、そのうち早口で喧嘩もできるようになるだろう。

「三日で慣れてしまう人は、『慣れ』と『理解』は違うものだと最初からわかっています。茉莉花さんは理解のための努力に集中できるはずです」

「そっか。理解のための努力なんて、意識したことがなかった」

理解と慣れの違いをそもそもわかっていなかった大虎は、茉莉花にただ感心するしかない。茉莉花の眼には、一体なにが映っているのだろうか。

「茉莉花は、元々読み取り能力が高い。相手の表情や言葉から、なにを考えているのかを推測する。経験を積めば、相手の思考を完璧に再現できるようにもなる。茉莉花は、それを『相手に嫌われないようにする』という方向にばかり活用していたみたいだけれど」

珀陽が誇らしげな顔で語り出したので、大虎は肩をすくめた。

「うわ、ここにもいたよ。自分の方が茉莉花さんを理解してるって言うひ……」

「おっと、手が滑りました」

また揉めないようにと、子星は大虎のくちを再び手でふさぐ。

思ったことを素直に言える大虎の性格はとても素晴らしいが、時と場合を考えないと痛い目を見る。珀陽相手の場合、物理的に痛いだろう。

「『完璧に再現する』が茉莉花さんにとっての理解です。楽しみですね。帰ってきたら、叉羅国民視点での話がたくさん聞けますよ」

子星は話を強引にまとめ、「二人とも仕事をがんばりなさい」と締めくくった。

第三章

シヴァンはチャナタリを呼び出した。

十三人いる愛人……今は十二人に戻ってしまったが、彼女たちをまとめているのがチャナタリで、チャナタリはもはや愛人というよりも自分の右腕である。

シヴァンは、美しいチャナタリを奥の寝室に連れこむことはなく、卓がある手前の部屋の椅子に座らせた。

「ジャスミンが愛人を辞めて下働きになった」

「……あらまあ、なかなか変わった子ですわね。さすがは学者さんかしら」

アクヒット家の当主の愛人ならば、高価なものを与えられてちやほやされる。それをあっさり「いらない」と言える者はなかなかいない。

「先ほど、下働きのまとめ役にジャスミンを預けてきた。……どこまでも恩知らずな女だったな」

「ええ、本当に。……ですが司祭さま、それでよろしかったのですか？　ジャスミンを利用したかったのでしょう？」

チャナタリの指摘に、シヴァンは頷く。まだチャナタリに説明をしていなかったが、ジヤスミンを愛人として連れてきた意図を察していたらしい。

「突然現れた異国の女が、アクヒット家の当主の愛人になった。……この餌に食らいついたやつが、アクヒット家に潜りこんでいる間諜だ」

――アクヒット家の情報が、他家に流れている。

シヴァンはあるときなんとなく気づき、そしてだろうなと納得した。

同じ司祭の一族、そして将軍の一族は、敵になったり味方になったりする。

そんな相手の言うことを、そのまま信じられるわけがない。間諜を放って正しい情報を手に入れようとするのは、当然のことだ。

「怪しい動きを見せた女をまとめて愛人にしたのはいいが、なかなかしっぽを出さない。そろそろこちらからしかけてもいいだろう」

シヴァンはただの女好きというわけではない。好みぐらいある。

それでも十二人の女性を愛人として迎え入れたのは、間諜疑惑のある女性をこの屋敷内しか歩けないように……つまり軟禁しているのだ。

(アクヒット家の女性用の屋敷に、『使用人の仕事』を理由にして出入りされたら困るからな)

重要な情報が入ってこない女性の使用人のための屋敷から出さないことで、情報の流出を抑えようとしてきた。

「たしかに間諜なら『明らかに訳ありの新しい愛人』を必ず調べるでしょう。……ですが司祭さま、間諜の餌は下働きになってしまいましたけれど、近々また新しい餌を？」

「いや、このままでいい」

利用するために拾ったジャスミンに勝手なことを望まれたとき、なんだこの女はと戸惑ったのだが、もしかすると最高の結果になったのかもしれない。

「間諜なら、『二日で消えた十三人目の異国人の愛人』の行方を探る。下働きとなったジャスミンに接触したやつは、間違いなく間諜だ」

ただの新しい愛人というだけでは、今いる愛人たちは誰でも興味をもつ。

必要以上にジャスミンを探ろうとする者をどうにかして見分けるつもりだったのだが、ジャスミンが下働きになったことで、より見分けやすくなったはずだ。

ただの愛人なら、下働きになった女へ近づかない。けれども間諜なら、突然現れて消えた新しい愛人が下働きをしていたら、どうしてそうなったのかを調べる。

「私はジャスミンを気にかけているふりをして、ジャスミンに接触した愛人が誰なのかをジャスミンから聞き出せばいいのですね？」

「そうだ。頼んだぞ、チャナタリ。下働きの仕事が嫌でジャスミンが逃げ出そうとしたら、下働きの女たちに『ジャスミンに配慮してやれ』と頼んでおけ」

「わかりました。……でも、あの子の神経はかなり図太い気がしますわ」

チャナタリは、挨拶をしにきた茉莉花の姿を思い出す。

彼女は、愛人であるチャナタリを澄んだ菫色の瞳で見ていた。本当にそれだけだ。そしてここからすぐに出て行くとはっきり言ったのだ。

「私たちはジャスミンを利用しているつもりになっていますけれど、実は利用されているのは私たちの方かもしれません」

チャナタリの謎めいた微笑みに、シヴァンは眉間にしわをつくる。

「ふん、利用し終わったら、どれだけ泣きつかれてもジャスミンを追い出すぞ」

客人でもない異国人を屋敷に入れたら、炎の神が怒るだろう。

ジャスミンを追い出したあとは、ジャスミンが触れたものをすべて燃やし、聖なる炎で浄化しなければならない。


シヴァンの愛人になることを拒否した茉莉花は、使用人の中でも単純作業しか任されない下働きになった。

すぐに荷物を抱えて下働きが寝起きしているという二人部屋へ向かい、同室者に「明日からよろしくお願いします」と頭を下げる。

「あんた、そっちの寝台を使って」

ソマラという名の少女は、突然現れた茉莉花を嫌そうな顔で迎えた。

茉莉花は、寝ようとしていたところを邪魔してしまったソマラに謝罪をし、荷物の中から着替えを取り出して胸の中身を見られないようにこっそり着替える。

「ねぇ、灯りを消したいんだけれど」

「もう大丈夫です。すみません」

ソマラが灯りを消せば、部屋は真っ暗になる。

茉莉花はほこりの臭いがわずかにする寝台にそっと潜りこんだ。

（土の上で寝た夜に比べたら、とても贅沢な寝台だわ）

朝から驚いてばかりだったので、眼をつむった瞬間に眠たくなる。

次に眼が覚めたときには、ソマラが寝台から降りていて、外はぼんやり明るくなっていた。

「私たちの仕事は、掃除と洗濯と食事の支度の手伝い。この屋敷だけじゃなくて、アクヒット家の女性の方々が住んでいるお屋敷の分もあるからね。高貴な方々に姿を見せないよう気をつけて。朝は誰よりも早く起きて食事づくりの手伝い。終われば片付けと掃除と洗濯。昼の食事づくりの手伝いと食事の片付けが終わればまた掃除と洗濯物の取りこみ。夜は食事づくりの手伝いと片付けと浴室の準備。みんなが浴室を使ったらその掃除。最後は館の見回り」

茉莉花はソマラに連れられ、下働きのまとめ役の女性のところへ行った。

そこで『アクヒット家の使用人』についての簡単な説明を受ける。

――使用人は大きく三つに分けられる。神の使いの世話係に仕える『花』と、食事をつくったり花の手伝いをする『つぼみ』と、洗濯と掃除とつぼみの手伝いをする『種』だ。

茉莉花は下働きなので『種』である。昨日は花に世話をされる立場だったことを考えると、とんでもない降格処分を受けたようなものだ。

「給金はいいけれど、厳しい仕事だからね。辞めるならさっさと辞めてね。手際の悪い子は置いておきたくないから」

茉莉花は真面目な顔で頷いた。

下働きしか任されない種であっても、彼女たちはアクヒット家の使用人の一人だという誇りがあるのだろう。

(種がしなければならないことは、宮女のときとほとんど同じね)

アクヒット家独特のやり方はあるだろうけれど、なにをしたらいいのかは知っている。あとは慣れるだけだ。

(みんな、わたしをただの新入りだと思っているみたい。でも、その方がいいかな。昨日は神の使いの世話係だったなんてことを知られたら、どんな罪を犯せば種への降格処分に

なるのかと驚くだろうし。それだけならいいけれど、恐れられて孤立したら大変だわ）

茉莉花は、使用人たちと仲よくなり、色々な話を聞きたいのだ。

「みんなへの挨拶はあとよ。ソマラ、今日はこの子を連れて仕事をして」

「……はい」

ソマラは不満げな顔を茉莉花に向けた。

右も左もわからない異国人なんてお荷物にしかならないと思っているのだろう。

「あんた、言葉はどのぐらいわかるの？」

「日常会話なら大丈夫です」

「ならついてきて。まずは掃除」

茉莉花はソマラから道具を渡される。そして無言で歩き出したソマラについていった。

おそらく、今から水を汲み、布で汚れを拭くのだ。

「井戸はこっち。一回で覚えて」

ソマラは足早に歩いていく。茉莉花は左右を見ながら部屋の位置と外の景色を組み合わせていった。

「私がほこりを払うから、あんたが拭き掃除。できるよね？」

「はい」

返事をしてからソマラの横に並ぶ。しっかりしぼった布を手にもち、椅子を使って高いところから順番に掃除をしていった。

(元々きちんと掃除されているから、丁寧に拭くだけでいいみたい)

その代わり、ほこりが一つでも残っていたら叱られる。

掃除したところにほこりがついてしまわないよう、気をつけながら拭いていった。

「……あんたさ」

使われていなさそうな部屋の掃除が終わり、次の部屋に行こうと立ち上がったとき、ソマラがくちを開く。

茉莉花が振り返れば、ソマラの表情が少しだけ柔らかくなっていた。

「もしかして、前は別のお屋敷で働いていたの?」

「はい。下働きの経験ならあります」

「だったら最初からそう言ってよね。まったくの素人かと思ったじゃない!」

よかったとソマラは笑い、次に行くよと扉を開けてくれる。

茉莉花は水の入った桶を抱えながら小走りで部屋を出た。

「商売に失敗した家の娘さんが渋々働きにきた……みたいな雰囲気だったからさ。ここは代々アクヒット家に仕えている人ばかりだから、あんたみたいに一人で働きにくる子は珍しいんだよね」

次の部屋では、ソマラが話しかけてくる。

茉莉花は手を動かしながらそれに答えていった。

「裕福(ゆうふく)な家で働いたことならありますが、裕福な家に生まれたことはないんです。小さいころに親元を離(はな)れてそのままですよ」

「なら、前のところは礼儀(れいぎ)作法にうるさいところだったんだ。育ちがよさそうに見える」

茉莉花は後宮(こうきゅう)の宮女だったころを思い出し、その通りだと苦笑(くしょう)する。

宮女試験に合格したあと、働く前に研修を受けさせられた。

最初は姿勢。次は美しい歩き方やお辞儀(じぎ)の仕方。正しい発音や使ってはいけない言葉……後宮に田舎娘(いなかむすめ)がいてはならないと、なにからなにまで徹底的(てっていてき)に直された。

そのせいで茉莉花は良(い)いところのお嬢(じょう)さんに見えることもあるのだろうが、それは自然に身についたものではなく、あとから努力で身につけたものである。

「ここもけっこう礼儀作法にうるさい方だけど、あんたなら大丈夫そうだね」

「『三司(さんし)の奴(やっこ)は詩(し)をうたう(ビージ)』ですよね？」

「そうそう。下働きの種でも読み書きぐらいはできるようにって、先輩からあれこれ教えられるんだよね。できれば計算の仕方も覚えろって」

読み書き計算ができる下働きってありえなくない？　とソマラは言いつつも、その顔は誇(ほこ)らしげだった。

「今日はこの屋敷の掃除の仕方をできる限り教えるよ。明日からは戦力に入れるからね」

「はい、がんばります」

ソマラは戦力となる茉莉花を歓迎してくれ、一人で仕事ができるようになるための様々なことを教えてくれる。

その説明は順番に漏れなく、というものではない。

眼についたものからとりあえずという説明だが、一度教えられるだけで覚えてしまう茉莉花にとっては充分だ。

「ソマラはもっと東部の生まれだったの？」

「そう。かなり貧しかったよ。親の知り合いがアクヒット家で働いていて、それで東部にあるアクヒット家の別荘で働けるようにしてもらえたんだ。二年前に本邸で働かないかって誘われてここにきたんだよね」

夜、桶に水を汲んでそれで身体を清める。

茉莉花が使わせてもらったあの豪華な浴室は、神の使いの世話係用のものだったらしく、ただの使用人が使えるものではなかった。

(勘違いしたままにならなくてよかった……！)

アクヒット家はとんでもない金持ちだと思っていたが、どうやら普通の金持ちらしい。

「小さいころから働きに出ていたのなら、ソマラにもお兄さんか弟さんがいるの？」

「そう、兄さんがいる」

ソマラは茉莉花と自分が似たような境遇とわかった途端、あれこれと身の上話をしてくれた。

茉莉花はときどきソマラに質問をして、ソマラの昔話に花を咲かせる。

「私、本当は踊り子になりたかったんだよね。綺麗な衣装を着て、叉羅国内を回って踊りの神に感謝を捧げる。……な～んて、ただの夢物語だったけれどさ」

「素敵！　わたし、踊りも歌も楽器も駄目で……」

「そんなんじゃ恋人ができないよ！　がんばらないと！」

叉羅国にとっての魅力的な女性とは、踊りか歌か楽器かのいずれかができることだ。どれも神に捧げるものなので、これらを得意とする女性を妻として迎えたいと思う男は多いらしい。

「ソマラ、ちょっとずつわたしに踊りを教えてくれない？　不出来な弟子になると思うけれど……」

「いいよ。ならあんたもなにか教えてよ」

「文字はどう？　わたし、読み書きと計算ができるから」

「えっ!?　計算もできるなんてすごい！　それも前のお屋敷で教えてもらったの？」

「そうなの。前の職場は小さいところだったから、逆になんでもできるようにならないといけなくて大変だったわ」

叉羅国では、男女間での読み書きの能力の差というものがあまりない。科挙(かきょ)試験制度がある白楼国(はくろうこく)と違って学問だけでは出世できないという事情があるし、なによりも『家』という集団を最も大切にしてきた結果、言語や文化が細分化(さいぶんか)されすぎて、記録を残しても読める人がほとんどいないという問題もあるからだ。

だから文字の代わりとなる手法が発達した。

絵と音楽、そして踊りだ。

誰にでも伝わる方法を皆(みな)が習い、使う。

（絨毯(じゅうたん)の模様も物語になっているぐらいだもの）

叉羅国を理解したいのなら、叉羅国の人の育ち方をもっと知らなければならない。

「よし、まずは踊りの基本の型をやろう。四つあって、まずは右手を……」

「待って、ソマラ。踊りが苦手な人は逆向きだと覚えられないわ！」

そっちに行くから、と茉莉花はソマラの横に並ぶ。

（ソマラ、いい人だな）

すっかり打ち解けてくれたソマラは、この屋敷で働いていくためのちょっとしたこつも教えてくれた。

茉莉花は、こういう細かい『当たり前』を求めていたのだ。

（今日は早く寝よう。やることは大体わかったから、明日から仕込みに入る）

下働きの種(ビージ)の夜はとても遅(おそ)い。

ソマラは寝台に入ってすぐに寝息(ねいき)を立て始める。

茉莉花はソマラが寝てから、今日の出来事をひとつひとつ思い返した。

（わたしは、叉羅国生まれのジャスミン……）

荷物から静かに鏡を取り出し、鏡に向かって笑顔をつくる。

――違う。ソマラはもっと楽しそうにしていた。

納得のいく笑顔になるまで、何度も修正する。

この笑顔が大事なのだ。叉羅国の人々は、強い否定を好まない。満面の笑みで頷けば肯定になるし、困ったようにゆっくり頷けば否定の意味になる。

（どちらも『頷く』から、表情をきちんと見ていないと会話にならない）

立場が上の人や年長者を尊重する文化があるから、このような独特の仕草に発展したのだろう。

（このぐらいでいいかな）

ソマラのような笑顔を、と最後にもう一度確認する。

「……『わたし(ジャスミン)』は、東部の貧しい村の生まれで、兄がいて、小さいころから出稼ぎに行っていた。踊りが好きで、神に踊りを捧げる踊り子になりたかった。今もどこかでその夢を見ている……」

鏡に映る『ジャスミン』の設定を、少しだけつくってみる。

「最初は東部にあるアクヒット家の別荘で下働きをしていた。二年前に本邸に呼ばれてここで働き出した。アクヒット家で働いていることを誇らしく思っていて、……」

そこで茉莉花は言葉を止めてしまう。

「……二年前ならもしかして、アクヒット家の前当主が殺されたときに呼ばれたのかしら？　ソマラはヴァルマ家とカーンワール家のことをどう思っているんだろう」

ジャスミンの設定に必要な重大な事件が、二年前に存在している。

「もっともっとソマラのことを知らないと。……もっと」

茉莉花は寝ているソマラの顔を見る。そしてもう一度ソマラのような笑顔をつくった。

下働きである種(ビージ)の中でも一番の新入りである茉莉花(まつりか)は、誰もが嫌がるような細かい仕事ばかりを任される。

骨董品(こっとうひん)置き場となっている部屋で骨董品を磨(みが)くのも、その一つだ。

骨董品置き場の部屋には、宝石や金細工品等の高価なものはない。古いだけのものばかりなので、種(ビージ)が管理することになっていた。

陶器は錆びないけれど、金属は錆びる。油で磨いても大丈夫なものもあれば、油で色が変わるものもある。

——これはいいけれど、あれは駄目。

多すぎる注意事項を一つでも忘れてはならないという面倒な骨董品磨きの仕事は、物覚えのいい茉莉花にとって、楽な単純作業でしかない。

「……でも量がちょっとね」

磨く以前に、置かれているもののほこりを払うだけでも一苦労だ。

錆びやすいものは頻繁に磨き、錆びにくいものはほこりを払って終わりにするしかない。

「この織物は陰干しをしないといけないわ。ここのほつれ、勝手に繕ってもいいのかしら。あとで聞いてみないと」

とりあえず骨董品をしまっておいただけというこの部屋は、掃除以外で誰かが出入りしているような雰囲気がない。

骨董品に興味をもつ人がいないからせっかくの織物がほつれたままになってしまうのだ。

「まずは錆びやすいものを探して……」

部屋の中をうろうろ歩いて、どこになにがあるのかを把握することから始める。

「西側の国の甲冑……、すごく重そう。ここに大きな宝石でもはまっていたのかな？」

手甲のところに穴がぽかりと空いている。丸いものがぴったりはまりそうだ。

「これはどこかの国の書物ね。表紙の宝石が取れているみたい」

金の箔(はく)はそのままだが、表紙についていたと思われる宝石はすべてなくなっていた。表紙の中央部分と四隅(よすみ)にわずかなへこみがある。

「宝石がなくなったものもあるのね。昔、なにかあったのかな」

財政難のときに、宝石だけを売った。

誰かに裏切られて、宝石を売り飛ばされた。

きっと過去に色々なことがあったのだろうと思いつつ、読めない文字が刻まれた書物を手に取って広げてみる。

つるりとした白い紙に、美しい文字がはっきりと印刷されていて……。

「……これ、かなり高度な技術が使われているわ。最近つくられたもののはず」

――豪華な装丁(そうてい)だけれど、宝石だけ抜き取られた最近の書物。

試しにつくられたものを、シヴァンが珍しいからと喜んで買ったのだろうか。いや、それならこんな部屋へ置かずにきちんと飾っておくだろう。

「偉い人の考えることはわからないわ」

もしかしたらこれを贈られた愛人の一人がその価値を理解できず、ここに置いていってしまったのかもしれない。

「よし、次は……」

卓の上に置かれた剣の鞘が眼に入ったので、素材はなんだろうかと近よる。すると、どこかで見たことがある気がした。

「え〜っと、……白楼国の……」

後宮内の廟にあった初代皇帝の姿絵の中に、これとよく似たものが描かれていたはずだ。

「白楼国の失われた宝剣の鞘、のような」

かつて白楼国には、皇帝を選別するといわれている宝剣があった。

皇帝の玉座の上にその宝剣はつるされていて、皇帝が皇帝としての資格を失ったときに落ちてくるのだ。

この伝説が真実なのかどうかは不明だが、伝説を信じる皇帝もいた。

「白楼国の四代目皇帝陛下が、宝剣が落ちてくるかもしれないことを恐れ、つるしていた宝剣を外してしまったとか……」

それ以来、宝剣はどこかに消えてしまった。

埋めてしまっただとか、盗まれただとか、皇帝と共に墓で眠っているだとか、様々な説がある。

書物でその話を読んだときには「よくある話だ」で終わったのだが、こうして眼の前に出てくると、色々な可能性が浮かんできてしまった。

「偽物？　でも、誰がなんのために？　習作かしら？　それとも職人が似たようなものをつくっていたとか……？」

太学の書庫の歴史書に書かれていた細やかな特徴と、姿絵で見たこの鞘の模様が、すべて一致している。

——ただし、宝石だけは外されていた。

そこが妙に本物っぽいのだ。

「本物だとしたら、ばらばらにして売った……とか」

まさかね、と茉莉花は呟く。

自分が盗人だったら、すんなり売ることができる場所……そう、この叉羅国のような遠い国に売るだろうなとか、ばらばらにすることで売りやすくするだろうなとか、そんなことも考えてしまった。

「いやいや、まさかね」

ひきつった笑みを浮かべた茉莉花は、まずはこの鞘を磨くことにする。

「ジャスミン！　そっちはいいからこっちを手伝って！」

種の先輩に呼ばれ、茉莉花は鞘を置いて急いで部屋を出る。

「ねぇ、文字が読めるんだって？　ちょっと手伝ってくれない？　私、野菜や果物の名前を教わっただけだから、いまいち自信なくて」

先輩は、野菜と穀物と果物の数が発注数と一致しているかどうかを確認したいらしい。

　茉莉花は渡された注文書を手にもち、ゆっくり読み上げた。

「アームが十個、ケーラーが二十個、ナーリヤルが五個、ニブが三十個……」

　数える方が大変だけれど、読む方を頼まれたのだからやるしかない。

「助かったわ。ときどき、これってなんだっけって思うのがあるのよね」

「わたしにもよくあります。確認作業があるときはいつでも呼んでください。……ぶどう(アングール)の数が一つ多かったのはどうしますか？　返しに行くのなら別のかごに入れておきましょうか」

　茉莉花が一房(ひとふさ)多かったぶどうを指差せば、先輩は笑って一粒(ひとつぶ)つまみ、茉莉花の手のひらに載(の)せる。

「こういうときはね、返しに行かないの。これは『神の贈(おく)りもの』になるんだよ。神に感謝したら食べてもいいわけ」

「本当にいいんですか？　あとで叱られたりとか……」

「ないない。みんなでわけて終わり。手伝ってくれたジャスミンにはもう一つね。私の分をあげる」

　手のひらにもう一粒載せられ、茉莉花は眼を円(まる)くした。

「先輩は食べなくてもいいんですか？」

「私、アングール栽培(さいばい)をやっているところの生まれでさ。食べ飽(あ)きちゃってるんだよね」

「そうだったんですね。ならありがたく頂きます。皮はむくんですか？」

「これはそのまま食べる。でも種は出して」

茉莉花は綺麗な緑色の粒をくちにいれた。

ぷちんとくちの中でぶどうの皮が割れれば、甘い果汁とさわやかな香りが広がっていく。

「おいしい……！」

「私もその台詞、言ってみたいよ。他の果物が余分に入っていたらよかったのに」

茉莉花としては、こんなに甘くてみずみずしい果物を「食べ飽きた」と言ってみたい。

生まれと育ちは、味覚に大きな影響を与えるようだ。

（あ、そうか）

叉羅国は果物の栽培が盛んだ。そこにとても甘いという特徴も加わる。

（だからみんな、『ほんのり甘い』を『甘い』と思えないのかも）

そもそも甘い果物が気軽に食べられる国だから、茶を甘くするときにかなりの量の砂糖を入れてしまうのだろう。

（ラーナシュさんたちのお茶とお菓子、どれもかなり甘かったのはこういうことなのね）

なるほどと納得し、茉莉花は先輩にぶどうのお礼を言って食料庫を出る。

寄り道せずに骨董品置き場の部屋へ戻り、骨董品磨きの作業を再開した。

古びた鏡があったので、鏡面の曇りを丁寧に拭き取り、確認のために自分の顔を映す。

それから呆れたような表情をつくり、肩をすくめた。

「……こんな感じだった」

ぶどう(アングール)を食べ飽きたという先輩の顔を、記憶通りに再現する。

「あとは……文字を読むのが苦手だと言ったときの顔も」

あれこれと試し、納得のいく表情になってから「よし」と頷く。

「『わたし(ジャスミン)』の生まれは、アングール栽培が盛んなところ。だからアングールを食べ飽きてしまった。小さいころから甘い果物を気軽に食べることができたから、お茶に入れる砂糖の量はかなり多い。ここで働き始めてから、先輩に簡単な単語の読み書きを教わった」

うん、と茉莉花はもう一度頷いた。

「まだ足りない。もっとみんなを観察しないと……」

茉莉花の呟きは静かな部屋に吸収され、誰にも届かなかった。

茉莉花が読み書きと計算ができるという話は、すぐに種(ビージ)のまとめ役にも伝わった。

「あなた、計算もできるって本当？」

本日三回目の玄関(げんかん)の拭き掃除を終えようとしていたら、茉莉花は種(ビージ)のまとめ役に声をかけられる。

「はい。でも、簡単なものしかできません」

さすがに太学で算学を習ったと正直に告げても嘘にしか聞こえないので、一番信じてもらえそうな嘘をつく。

「帳簿の計算を手伝ってくれない？　最後の数字がいつもなかなか合わなくて」

計算が苦手だというまとめ役に、茉莉花は任せてくださいと頷いた。

「わたし、前のところでは帳簿係をしたこともあるんです」

「本当⁉　助かるわ」

まとめ役の部屋に行き、そこで帳簿を見せてもらう。

白楼語と叉羅語は、そもそも数字の規則性が違うので、叉羅語の数字から白楼語の数字に直して計算をし、白楼語で出した計算結果を叉羅語の数字に戻す……という作業をする方が楽だ。しかし、今はできるだけ叉羅国の人と同じように計算したい。

（叉羅語だけで計算するのは初めてだわ。上手くできるかしら）

白楼国の紙とは少し書き味の違うつるりとした紙に数字を書いていく。

いつもより時間がかかったけれど、まとめ役は「計算が速い！」と喜んでくれた。

茉莉花は二回計算して数字が合うことを確かめたあと、間違っている箇所を指摘し、まとめ役と一緒に数字を見ていく。

「あなた、頼りになるわね。司祭さまが自らお連れになっただけはあるわ」

「お役に立ててよかったです。まだ慣れないことが多くてご迷惑をおかけしますが、よろしくお願いします」

「充分役に立ってるわよ。もしも生まれがよかったら、つぼみとしてもやっていけそうなのにね」

　アクヒット家は、単純な能力評価ではなく、生まれで使用人を区別している。そこは白楼国の後宮と同じだ。

「わたしは本当に単純な読み書きしかできませんから。……あ、ここの書庫って、種が出入りしても大丈夫ですか？　もう少し読める単語を増やしたいんです」

「書庫？　掃除のときに出入りできるから、そのときにこっそり借りていけばいいわ。管理している人もいないし、もち出してもわからないわよ」

「ありがとうございます。そうします」

　これで書物を部屋にもちこんでいるところを見られても、まとめ役の許可をもらったと言えば問題にならない。安心してソマラに文字を教えることができる。

「計算を手伝ってくれたお礼に、今度の朝市での買いものについていけるようにしておくわ。若いころは見るだけでも楽しいもの。昔はこっそりよく寄り道したものよ」

　大きな買い物は屋敷に出入りしている商人へ頼むのだが、みんなの日用品や個人的なものを買うときは自分たちで探しに行く。

朝市が開かれるときの買いもの係は、若い種にとても人気のある仕事なのだと、まとめ役が教えてくれた。

「ありがとうございます、嬉しいです。こっそり寄り道してきますね」

「ここで言ったらこっそりにならないわよ」

まとめ役は笑いながら茉莉花の背中を叩く。

「それでは玄関掃除を終わらせてきます」

「頼んだわよ。玄関はいつでも綺麗にしておかないと」

今日の茉莉花は、朝から何度も玄関の掃除を頼まれていた。

掃除を監督しているつぼみの誰かが、かなりの綺麗好きなのだろうか。それとも神の使いの世話係の誰かが綺麗好きなのだろうか。

どちらにしろ、この調子のままだと夜までに十回以上も玄関掃除をすることになりそうだ。いくらなんでも異常な回数である。

(お客さまがいらっしゃる本邸なら、お客さまが帰ったあとに掃き掃除をして次の訪問客に備えるでしょうけれど)

それでもやるしかないのが種だ。がんばろうと気合いを入れていると、まとめ役は指を折って数をかぞえた。

「これで今日の玄関掃除は終わりだから、しっかりとね」

「終わり？　もしかして、お昼すぎまでに三回と決まっているんですか？」

「ああ、玄関掃除は回数を決めているわけじゃないのよ。お客さまがきたあとにまた掃除をしているの。今日のお客さまは三組のはず。急にくる人もいるけれどね」

使用人の屋敷に客人がくるなんてと一瞬驚いたが、すぐにシヴァンの愛人が住んでいることを思い出した。

「司祭さまは珍しいものを好むお方だから、よく異国の商人を呼ぶのよ」

「……ああ、青い鳥をこの間は連れて帰っていましたね」

シヴァンは動物好きというわけではなく、『珍しい』を重要視しているのだろう。

「司祭さまはこちらのお屋敷に商人を呼ぶのですか？　本邸ではなく？」

「本邸には異国人を招けないから、こちらでお話をするの。誰かに呼ばれない限り、応接室には近づかないようにね」

「はい」

愛人のために呼んだ商人や仕立屋、シヴァンに会いにくる異国の商人。

女性の使用人のための屋敷は、思ったよりも人の出入りがあるようだ。

（だから玄関掃除をよくしているのね。なるほど）

だとすると、応接室の掃除も頻繁に行われているはずである。

「応接室の掃除はしなくてもいいんですか？」

「あそこには、司祭さまが買った珍しくて高価なものを置いてあるから、掃除はつぼみの人たちの担当よ」

「そうだったんですね」

茉莉花はどんなものが置いてあるんでしょうねと言いながら、骨董品置き場になっている部屋のことを心配した。

(白楼国の宝剣の鞘がもし本物だとしたら、この屋敷の中で一番高価だと思う……)

きちんと鑑定させた方が……とそわそわしてしまうが、シヴァンにとってのものの価値とは値段ではなく、珍しさなのだ。

(でも、それならそれで、あれは世界に一つしかない宝剣かもしれないのに)

生まれも育ちも平民の茉莉花は、金持ちの趣味を理解できなかった。

やっぱり自分には愛人なんて無理だったとほっとしながら、客人が帰ったあとの玄関を水拭きする。汚れた水を捨てて新しい水を桶に入れたとき、不意に動きを止めた。

「『わたし』は、計算が苦手だから、他の人に計算を手伝ってもらっている。朝市での買いものが楽しみで、こっそり寄り道している」

ジャスミンに新しい設定を付け加え、細かいところをつくりこんでいく。

「苦手なものがあるのなら、得意なものもあるはず。それに、朝市で買いたいものを決めないと。……うん、ジャスミンにも趣味が必要だわ。みんなの趣味の中から選んだ方がいいわよね」

叉羅国民にとってよくある趣味にする方が、『今ここで生きている叉羅国民』に近づけるはずだ。

「——少しずつ『ジャスミン』ができている」

桶を覗きこめば、水面にぼんやりと自分の顔が映っている。

種のまとめ役が「頼りになるわね」と言ったときの表情を真似し、くちの開け方や目尻の向きを修正した。


夜遅くになれば、屋敷内で働いている者は下働きの種だけになる。

茉莉花は、足音を立てないようにそっと書庫へ向かった。

「失礼します」

小さく声をかけてから書庫に入り、ろうそくの灯りを頼りに書庫内を歩く。

思ったよりも広いけれど、棚が隙間なく並んでいて、横歩きをしなければならないところもあった。

（神話の書物が多いのね。これは聖典かしら？　恋愛小説に、冒険小説……あ、こっちはアクヒット家の歴史をまとめたもの？）

分厚い歴史書は立派な装丁で、手に取るとずしりと重い。片手で支えるのは難しそうだ。

（もしかして、これはとても貴重なものなのではないかしら）

歴史を正確に書き留めることは不可能だ。

白楼国には白楼国史を編纂している文官がいるけれど、起こった出来事をそのまま残せているわけではない。記録している人の主観がどうしても混ざるし、なによりも当時の権力者の意向が反映されてしまうのだ。

おまけに、編纂されたものが本当に正しく保存され続けるわけでもない。

あとから別の記録を綴じ直すこともできるだろうし、火災や事故でばらばらになってしまったら記憶を頼りにつくり直すことだってあるだろう。

（過去にあったことを正確に知りたいのなら、あちこちの家でまとめられた歴史書をつき合わせることが一番なのよね）

広く知られている大まかな歴史と、別の視点からまとめられた歴史。そして平民が残した日記帳などが、本当にあったことを浮かび上がらせてくれる。

（これはきっと叉羅国の理解に役立つ。全部読んでおきたい……！）

家からもち出されることのないアクヒット家史を、部外者の茉莉花が読むというのは、間違いなく諜報活動だ。やめた方がいいとわかっているけれど、この機会を逃すと絶対に読めなくなってしまう。

（今晩だけにするから……！）

悩んだ末に、やれることはやるべきだと判断し、アクヒット家史を手に取った。

「あとは……うん、これにしよう」

ソマラに文字を教えるための書物を選んだあと、茉莉花はすぐに書庫を出る。

ゆっくり左右を見て、廊下に誰もいないことを確認し、急いで部屋に戻った。

（書庫がきちんと管理されていなくてわたしは助かったけれど、骨董品置き場といい書庫といい、こんな管理で大丈夫なのかな……？）

いつかきっと、書物を売って金に換えるという事件が発生する。

今から予想できることだけれど、本好きの人が現れない限り、対策してもらえないだろう。

「ジャスミン、お帰り〜。あれ？　どうしたの、それ」

「ソマラでも読みやすい書物を借りてきたの。こっそりもっていってもいいって言われたから大丈夫」

「へぇ、どれどれ。……駄目だ〜、ちっともわからない！」

ソマラが書物を広げている間に、茉莉花はアクヒット家史をそっと寝台の中に入れる。

「ねぇ、これどう読むの？　見たことがある」

「これはね……」

ソマラが飽きない程度に文字を教えたあと、ソマラから歌と踊りを教えてもらう。

どちらも不出来な生徒だったので笑い合い、また明日ねと約束した。

寝る前に明日の準備をすませたかった茉莉花は、慌てて荷物袋を開けようとし……そこで手を止める。

「……ねぇ、ソマラ。わたしの匂い袋、どこかで見なかった?」

「見てないよ、どうしたの?」

「わたし、すぐに物を見失なってしまうの。どこかに絶対あるはずなんだけれど」

「あ~、あるある。そのうち見つかるよ。朝、ここの掃除をするときに一緒に探そう」

「ありがとう!」

匂い袋なんてものは、元々茉莉花の荷物の中にない。今のは、ソマラが茉莉花の荷物を動かしていないかの確認だ。

ソマラが親切心から茉莉花の寝台周りを掃除したのなら、「掃除したときには見かけなかったよ」と答えただろう。

(荷物袋の結び目の位置が、ほんのわずかに違う。わたしだからわかるぐらいの違いだわ。きっと誰かがこの部屋に入って、わたしの荷物を探った。そして探ったことを気づかれないように、慎重に戻した)

心当たりはいくらでもある。

新入りが気に入らなくていたずらをしようとした人がいるだとか、金目当てで同僚の荷物を探る使用人がいるだとか、異国人の茉莉花を信用できない誰かがこっそり持ちものを調べようとしていただとか、他にもあるだろう。

（今は気づかないふりをしておきましょう。近いうちにわたしはこの家を出るのだから）

コ・イ・ヌールの存在に気づかれただとか、ヴァルマ家の客人だと疑われただとか、そういうことではないのなら、数日間だけ嫌がらせを我慢すればいい。

「灯り消すね。おやすみ～」

「おやすみなさい」

一度寝台に潜りこみ、寝たふりをする。

ソマラの寝息に耳をすませ、規則正しい寝息かどうかを確認したあと、茉莉花は静かに動き出した。

（ここからは読書の時間ね）

そっとろうそくに灯りをつける。アクヒット家史を広げ、まずは最後の頁を確認した。

――最新の出来事は、五十年前の話だ。

もしかすると、これは写本で、五十年前から新たな歴史を追加しないまま放置されているのかもしれない。

（さっさと覚えて、アクヒット家史を今夜中に書庫へ戻そう。これを荷物の中に隠すのは

危険すぎる。そして、こんなことはもうやめないと）

茉莉花の目的は、叉羅国で働く普通の人々の日常を知ることだ。アクヒット家を調べることは、間諜の仕事の領域である。

訓練を受けていない自分が間諜の真似事をするのは、とても危険な行為だ。

欲張ってはいけないと、己（おのれ）を強く戒（いまし）めた。

茉莉花（まつりか）が種（ビージ）として働き始めてから三日経った。

普通は新入りがきたら、「仕事ができない子なのよ」「早く慣れてくれないと困るよね」という話題で盛り上がるのだが、今回ばかりは違う。

「ジャスミンってさ、この間ここにきたばかりだよね」

種（ビージ）の昼食は、手が空いた人から食堂で取ることになっている。

庭掃除を終えたソマラが食堂にきたとき、先に昼食を食べていた友人たちがジャスミンの話をしていた。

「あっ、ソマラ。ジャスミンと同室だよね？」

「そうだよ」

「あの子、よく気がつくし、助かるよね。入ってくれてよかったよ」

ソマラは鍋に入っている煮込み料理を皿に入れ、串焼きの肉を一つもらってから友人たちの隣に座る。

「ジャスミンって顔はああだけど、育ちはサーラ国なんだよね？」

「え？　生まれも育ちもここじゃないの？」

あっという間になじんだ茉莉花について、ソマラの友人たちは勝手なことを言い出した。

ソマラはどれも違うよと笑う。

「ジャスミン、赤奏国の人だよ。旅の途中で司祭さまと出逢って、少しの間ここで働くことになったんだってさ」

「え～？　じゃあ本当に外の国の子なの？　全然そう見えない！」

「言葉、綺麗だもんねぇ。訛ってないし」

「逆に習ったから訛ってないんだってさ」

ソマラは匙で豆をすくいながら、茉莉花から聞いた話を友人たちに教えた。

「そうだったんだ。でも昔からここで働いてたって言われても信じるよね」

友人の言葉に、ソマラはわかると頷く。

「私さ、『あれってどこに片付けたっけ？』って、うっかりジャスミンに訊いちゃってさ。でもジャスミンが普通に答えるんだよね。出会ってまだ三日だなんて信じられないよ」

ソマラは、最初はジャスミンのことをどこかのお嬢さまだと思ってしまった。けれども、実はたくさんの共通点があって、それをきっかけにあっという間に仲よくなったのだ。今となっては、もうずっと同室相手だったかのような気安さがある。

「ジャスミンは地元の友だちみたいな感じで……」

幼なじみかも、とソマラが言葉を続けようとしたとき、がちゃんという食器を置く音にさえぎられる。

「……ねぇ、ジャスミンってちょっとおかしくない？」

それまで黙ってソマラたちの話を聞いていたサミィという少女が、いきなり会話に入ってきた。

「おかしい？ どこが？」

ソマラは眼を円くする。サミィの言いたいことがまったくわからなかったのだ。

サミィは「だって！」と勢いよく匙(さじ)を皿に置いた。

「ジャスミン、ソマラに似すぎ！ 最初はそんなことなかったのに、段々とソマラの真似がひどくなっていて……！」

サミィの訴(うった)えに、周囲は顔を見合わせた。

「似てる〜!?　どう見てもジャスミンの方がおっとりしてない？」

「喋り方も動きもジャスミンの方が上品よ。ね、ソマラ」

「ちょっと、もう〜！」

友人たちにいじられたソマラは、そんなのわかっているってばと笑う。

しかし、みんなが笑う中で、サミィだけは焦った顔になっていた。

「ジャスミンは本当にソマラに似ているんだって！　掃除の仕方とか……！」

「それは似るよ。ジャスミンにやり方を教えたのは私なんだから」

当たり前でしょ、とソマラはサミィの言葉をあっさり肯定する。けれども、サミィはそうじゃないと首を振った。言いたいことが皆に伝わらなくて、もどかしかったのだ。

──ジャスミンは、ソマラに教えられた通りの掃除をしているだけではない。何気ないソマラの癖までそっくりなのだ。

「サミィはさ、ジャスミンにソマラを取られた気がして嫉妬してるんじゃない？　ソマラ、もっとサミィもかまってあげなよ」

「もう、そんなんじゃないってば！」

サミィにとって、ジャスミンは本当に気味が悪い存在なのだ。

なぜみんなこんなにあっさりジャスミンに騙されてしまったのだろうか。

「ごちそうさま！　私、先に行くね！」

まともに相手をしてくれないソマラたちに苛立ち、サミィは立ち上がる。使った食器を洗って片付けて、次の掃除場所に向かったが、心の中のもやもやは残ったままだった。

「あ、サミィ。玄関掃除なら今終わったわ」

むかむかした気分が収まらないところに、ジャスミンが現れる。

心の中を見透かされたような気持ちになり、変な声が出てしまった。

「そっ、そう。ありがとう。ジャスミンは今からお昼？」

「うん。今日はなにかしら」

ジャスミンは、会話をするときにいつも視線をじっと合わせてくる。

いや、誰でもそうするものなのだ。会話をするときに視線を外してしまったら、あなたと会話をする気はないという意思表示になってしまう。

（でも、なんかこの眼が気持ち悪いの。……観察されているみたいで）

綺麗な菫色の瞳なのに、彼女の眼に映っているものは自分ではない気がする。得体がしれない子なのだ。

「早く食堂に行った方がいいよ。今日は肉の串焼きがあるから」

ジャスミンとの会話を早く終わらせたくて、サミィはジャスミンに食堂へ行くように促す。

「教えてくれてありがとう。またあとでね」

「うん、あとでね」

サミィがジャスミンに手を振れば、ジャスミンも笑顔で振り返してきた。

ジャスミンが廊下の角を曲がって見えなくなった途端、サミィの身体から力が抜けていく。息を吐きながら身体の向きを変えようとしたとき、窓に映る自分の姿に気づいた。

「……え？」

自分の手の上げ方が、ジャスミンそっくりだ。

――いや、違う。

『ジャスミン』が『自分』の鏡写しになっていたのだ。だって、先に手を振ったのはこっちだったのだから。

「あの子、私にも似ている……⁉」

――気のせいではないか。意識しすぎではないのか。

誰かに相談しても、きっとそんな答えしか返ってこないことはわかっている。

「……気持ち悪い！」

ジャスミンが怖い。近よりたくない。

この屋敷に、聖なる炎を怖がらない化け物が住みついてしまった。早くみんなもこのことに気づいてほしいと、サミィは必死に願った。

茉莉花はサミィと別れたあと、一度だけうしろを振り返る。

（わたし、サミィに嫌われたみたい）

サミィの視線は何度も茉莉花から外れていたし、早くこの場を離れたいという気持ちが眼からしっかり伝わってきた。

どれだけ気をつけても、嫌われてしまうことはある。そのときは、距離を置くという形で、これ以上嫌われないようにするしかない。

（あと七日だから、なんとかなるかな）

同室相手だったら早々に関係改善をしようとしただろうけれど、ときどき一緒に仕事をするだけの同僚ならこのままでもいいだろう。

（でも、気をつけないと。いい意味でも悪い意味でも、意識している相手はつい眼で追ってしまうものだから）

ヴァルマ家と縁のある自分は、アクヒット家の人に隙を見せてはいけない。

茉莉花は、もっと慎重に行動すべきだったと反省した。

——歴史書の始まりは、歴史ではない。

茉莉花は太学の書庫にある様々な歴史書を読んだが、ほとんどの国の始まりは神話……言い伝えられていることを記述しているだけだ。

アクヒット家史も同じで、家の始まりはありえないような話になっていた。

それだけではなく、他の時代のアクヒット家史にも、よくわからない部分がある。

三百年ほど前、神の使いである『光の神子』が光の山から現れ、王の証となる金剛石をアクヒット家に授けた——……と書かれているのだが、そのあとの出来事と上手く繋がってくれないのだ。

「アクヒット家がコ・イ・ヌールを王に捧げると、混乱していた国が落ち着き、それでアクヒット家は王から司祭職を賜った……と」

今の茉莉花は、玄関掃除の最中である。掃除のときは手を動かすだけでいいので、考え事をしやすい。

茉莉花はその時間を利用し、昨夜読んだアクヒット家史と自分の知識にある叉羅国史をつき合わせていたのだが、よくわからないところがどんどん増えていった。

（この記述だけだと、アクヒット家に司祭職を与えられたことが説明できないのよね）

戦功を立てたわけでもない。

王との血縁関係を得たわけでもない。

アクヒット家やヴァルマ家やカーンワール家は、王に宝石を渡しただけなのに、『王に次ぐ司祭』になってしまった。

この部分には、歴史に残らなかった他の要素もありそうだ。今のところ、叉羅国の歴史書に必ず出てくる神の使いである『光の神子』が気になっている。

（まさか本当に神の力をもつ神子がいたとでも？　白楼国にも白虎神獣の化身がいらっしゃるわけだし）

一応その可能性も考えておこう、と茉莉花は考えながら汚れた布を桶で洗う。

（白楼国の宝剣についての記述は特になかったわね）

単純に骨董品集めを趣味とする当主がいたのかもしれない。その場合は購入先についての記録をいちいち残すことはないだろう。

「ジャスミン！　すぐにそこの掃除を終わらせちゃって！　赤奏国の商人がくるって！」

先輩の言葉に、茉莉花は「はい！」と返事をした。

玄関から応接室までの床を急いで拭いていると、シヴァンと知らない男の人の声が聞こえてくる。

どうやらぎりぎり間に合ったようだ。茉莉花は胸をなで下ろしながら、廊下の柱の陰に隠れた。シヴァンたちが通りすぎてから動こう。

「本日は赤奏国の名産品の薄織物がございます」

おそらく、この声の主が赤奏国の商人だ。少しくせのある叉羅語を話している。

「楽しみだな。他にはないのか？」

「銀細工品もございます。玉を細工の中に閉じこめ、さらに螺鈿を使った飾りが……」

茉莉花は、商人とシヴァンが通りすぎるのを柱の陰で待っていたのだが、ふと二人の会話に違和感を覚えた。

会話の内容におかしいところはない。商人は仕入れてきた珍しいものをシヴァンに紹介し、シヴァンはそれを楽しみにしているだけだ。

（でもこの感じ……うん、発音が白楼国風で……）

白楼国の人が叉羅語を話すと、独特のくせが現れる。

（礼部の文官の叉羅語は、こんな感じの発音だった。わたしも似たような発音をしていたけれど、ラーナシュさんに直されたのよね）

ラーナシュは「赤奏国と白楼国の言葉はところどころ違う」と言っていた。

実はラーナシュが学んだのは、白楼語ではなくて赤奏語だ。元々赤奏国と白楼国は同じ国だったので、赤奏語と白楼語はとてもよく似ているが、方言のような違いはある。

（たしか、単語を繋げるときの抑揚が違うとか……）

茉莉花は柱の陰からそっと身を乗り出し、耳を澄ませた。段々と小さくなるシヴァンと商人のうしろ姿を見ながら、二人の会話に集中する。

（白楼国人風の発音のくせをもつ赤奏国の商人？　そんなことがあるのかしら？）

——生まれも育ちも白楼国だけれど、商売の場を赤奏国に移した。

そういうこともあるかもしれないけれど、あの商人の姿に別の違和感が……。

（そうか。手にもっている外套！）

秋が深まった白楼国では、皆がしっかりとした重たい外套を身につけ始めている。けれど、赤奏国は白楼国よりも南方に位置して暖かいので、赤奏国の人々は厚い外套よりも風を通さない薄手の外套を好む。

（赤奏国からきたのなら、外套は薄くて軽いものになっているはず。なのに、あの商人の手にある外套は厚くて重たい）

旅慣れた者ほど荷物を減らす。外套を二枚もち歩くなんてことはしない。

「どういうこと……？」

商人がどこかで外套を駄目にして、その場で買い直した可能性もある。

赤奏国の商人だと先輩は言っていたけれど、言い間違えた可能性もある。

ほんのわずかな違和感をこのまま流すべきかどうかを、茉莉花は迷ってしまった。

叉羅国(サーラこく)の首都ハヌバッリの朝市は、とても賑やかだ。

店主が売り上げをよくしようと声を張り上げ、買い物にきた者はよりよいものをより安く買おうとして商品を真剣(しんけん)に見つめる。

食べもの以外にも、薬や香辛料(こうしんりょう)、皿や花瓶などの陶器(とうき)、布や染料(せんりょう)、ちょっとした家具まで置いてあって、探せばなんでも買えるだろう。

「すごい……！」

茉莉花(まつりか)が眼(め)を輝(かがや)かせれば、一緒(いっしょ)にきているソマラが「でしょう！」と頷(うなず)いた。

「あとでこっそり見て回ろう。お守りとか、占(うらな)いとか、肌に模様(ヘナ)を描(えが)いてくれるところもあるよ。私はビーズを買いたいな」

「うん、わたしも。楽しみだわ」

まずは皆に頼(たの)まれたものを手分けして買いにいく。

ソマラが値引き交渉(こうしょう)しているうしろで、茉莉花は近くにいる人たちの会話に耳をすませた。

（ヴァルマ家の噂(うわさ)、どこかで聞けないかな）

ラーナシュが無事かどうかだけでも知りたい。さらには、この朝市でラーナシュの従者の誰かと再会したい。

（とにかく今日は、この朝市でわたしの姿を見せておかないと）

ラーナシュたちは茉莉花を捜しているはずだ。

亜麻色の髪に菫色の瞳をもつ十代半ばの少女で、ジャスミンと名乗っている。

この条件があれば、首都に似たような人がいても、茉莉花の他に数人いるかどうかだ。

（どうか見つけてくれますように……！）

茉莉花は、ラーナシュが簡単に発見できるところまでもうきている。

彼らが『茉莉花に似た少女が朝市にいた』という情報を得たら、アクヒット家で働いていることもすぐにつきとめるはずだ。

どうしてアクヒット家に身を寄せたのかも、きっと調べてくれる。

茉莉花が無償労働を終える日まで待つか、次の朝市で接触しようとするか、アクヒット家と敵対しているラーナシュなら慎重な行動を選ぶだろう。

「捜したぞ、ジャスミン！」

翌朝、満面の笑みを見せながら立っていたのはラーナシュだ。

ちなみにここは、アクヒット家の女性使用人のための屋敷の玄関である。

茉莉花はラーナシュと「無事でよかった！」と喜び合う感動の再会をしたい気持ちはあるのだが、場所が場所だ。他人のふりをしなければならない。

（怪我がなさそうなのは本当によかったのだけれど……！）

茉莉花の予想に反して、ラーナシュはこの屋敷に堂々と乗りこんできた。

派手なことになってしまった……とこっそり冷や汗を流す。

（こんなことをされたら、わたしはどこからどう見てもヴァルマ家の間諜だわ。ヴァルマ家とアクヒット家が絶対に揉めてしまう……！）

ラーナシュなら、こちらの事情を充分に調べた上で動いてくれるはずだと信じていたのだが、見事に裏切られてしまった。

アクヒット家はヴァルマ家と敵対している、と言ったのはラーナシュだ。こんなことをしてもよかったのだろうか。

「ジャスミン、その方は？」

「ええっと……この方は……、昨日の朝市で知り合った人です！」

茉莉花は、「お客さん？」「誰？」という眼を向けてくる同僚に慌てて返事をする。

「ラーナシュさん！　わたし、シヴァン司祭に助けられたので、働いて恩返しをしている最中なんです！　ヴァルマ家の間諜だと思われないように、昨日の朝市で出会ったばかりという設定にしてくれませんか!?」

周りの人に会話を聞かれないよう、茉莉花は小声の白楼語でラーナシュに頼む。

ラーナシュは、任せてくれという笑顔を見せてくれた。

とても不安だが、あとはラーナシュの話に合わせるしかない。

「昨日の朝市ではジャスミンに助けられた！　その礼をしたかったんだ。感謝するぞ！」

ラーナシュは周囲の使用人に聞こえるように茉莉花へ礼を言う。

（よかった。あとは財布を拾っただとか、いかにもなことを言っておけばいい）

ラーナシュの派手な登場にどうなることかと思ったが、これでひとまず安心だ。

よしよしと頷くと、遠くからシヴァンの叫び声が聞こえてきた。

「ラーナシュ！　どこへ行った!?」

茉莉花は、新たな面倒事の登場にため息をつきたくなる。

少しでも穏やかな結末を得るためにも、まずは確認だとくちを開いた。

「ラーナシュさん、アクヒット家にはきちんと表から入ってきたんですよね……!?」

「勿論だ。本邸へ入らず、こっちにきただけだ」

「早く戻ってください！　道に迷ったと言えばまだ大丈夫です！」

ここは、シヴァンの愛人が住んでいる屋敷だ。部外者は絶対に入ってはならないところだけれど、今ならうっかり迷いこんだだけと言い訳できるはず。

「貴様、なにをしている!?」

意外にも足が速かったシヴァンは、早々にラーナシュへ追いついてしまった。

シヴァンの鋭く冷徹な眼に茉莉花が怯めば、庇うようにラーナシュが一歩前へ出る。

「朝から突然の訪問、申し訳ない。こちらの女性へ礼を言いにきただけだ」

茉莉花がはらはらしていると、ラーナシュはやましいことなどなにもないという堂々とした態度で言いきった。

シヴァンはラーナシュのそんな態度に腹が立ったのか、より一層不機嫌になる。

「その娘とお前はどのような関係だ？」

茉莉花とシヴァンの出会いは偶然だ。しかし、ラーナシュと茉莉花に接点ができてしまえば、シヴァンからはそう見えなくなるだろう。

——気の毒な異国人のふりをしてアクヒット家の当主に近づき、アクヒット家の中に入りこんだ。

そんな誤解をされてもしかたないし、実際に茉莉花はこの屋敷で諜報活動のようなことをしていたので、なにもしていませんと心から言えるわけではない。

「私はアクヒット家の司祭として、神の使いを保護しなければならない。しかし、下水をうろつくねずみは、神の使いに含まれない。特に、ヴァルマ家の下水からきたねずみは、今すぐに神の炎で浄化すべきだろう」

茉莉花は、『ヴァルマ家の客人』から『叉羅語とその歴史を学びにきた赤奏国の学者』という設定変更のあと、『アクヒット家が所有する青い鸚哥の世話係』から『シヴァン司祭の愛人』へと、設定がどんどん変わっていったのだが、ついには『下水からやってきたねずみ』という設定を押しつけられそうになった。

白楼国での立身出世の勢いはたしかにすごかったが、叉羅国での設定の移り変わりの勢いはもっとすごいことになってしまっている。

（無事に十日間の無償労働を終えたあと、最初の『ヴァルマ家の客人』という設定へ戻したかったのに）

ラーナシュはそんな茉莉花の想いに気づかないまま、よくぞ訊いてくれたと言わんばかりに胸を張っていた。

「こちらの女性は、朝市で俺の財布を拾ってくれた。仕事があるからとすぐに立ち去られてしまい、ろくに礼も言えなかったから、ずっと捜していたんだ」

茉莉花の頼み通り、ラーナシュは無難な説明をしてくれる。

「シヴァンは財布をもたないから、どれだけ助けられたのかわからないだろうな。俺はなにかあったときのために、自分で財布をもつようになったぞ！」

どうだ！　とラーナシュは財布を取り出してシヴァンに見せる。

以前、白楼国で財布をもたないまま迷子になっていたラーナシュへ、「旅の最中は一晩どこかに泊まれるだけのお金をもちましょう」と茉莉花は助言したことがある。

財布をもったことのないラーナシュにとって、絶対に落としてはいけない『財布』というものが珍しかったらしい。叉羅国のヴァルマ家に戻れたのでもう財布をもつ必要はなくなっているけれど、未だにうきうきともち続けているようだ。

「私も財布ぐらいもっている！」

「うん？　そうなのか？　どんなのだ？」

ラーナシュが眼を輝かせれば、シヴァンは言葉に詰まる。おそらく、ラーナシュに張り合って、もったことのない財布をもっていると言ってしまったのだ。

「……っ、ええい、財布などどうでもいい！　そこの女のことだ！」

強引に話題を変えたシヴァンは、茉莉花をじろりとにらみつけた。

「それもそうだな。ジャスミン、次の朝市にもくるのか？」

「ええっと、それはわかりません」

ラーナシュが質問しながら親しげに肩を抱いてきたので、茉莉花はちょうどいいと自分の左胸をラーナシュの腕に押しつける。

ラーナシュなら、胸の中になにが入っているのかを、硬さからわかってくれるはずだ。

王の証(コ・イ・ヌール)は無事だと、今のうちに伝えておきたい。

「ジャスミン！」

息を呑(の)んだラーナシュは、手で茉莉花の左胸を……宝石をそっとさわった。ラーナシュは「よくぞコ・イ・ヌールを守りきった！」と感動している。けれども、他の人にとっては白昼堂々(はくちゅうどうどう)とする行為(こうい)ではなかった。

「ラーナシュ⁉」

シヴァンの顔が引きつっている。そして周囲にいた茉莉花の同僚たちも「うわっ」という顔になっていた。

「すまない。ジャスミンの胸が柔(やわ)らかかったから、つい」

さわやかな笑顔で「自分は変態(へんたい)です」と言い切ったラーナシュに、茉莉花は拍手(はくしゅ)を送りたくなる。ラーナシュはコ・イ・ヌールの存在をごまかすために、自分を犠牲(ぎせい)にしたのだ。

皆がラーナシュを「白昼堂々と変態行為をした司祭だ」と非難(ひなん)しても、自分だけは「信念をもつ立派な司祭だ」と庇(かば)おう。

「……ア、アクヒット家の使用人に卑猥(ひわい)な行為をしないでもらいたい」

「ああ、悪かった。ジャスミンにも謝罪しよう」

ラーナシュは真面目(まじめ)な顔で茉莉花に「申し訳なかった」と言う。

大丈夫、わかっています、という想(おも)いをこめて、茉莉花は頷いた。

「ジャスミンに礼を言えたから、今日はこれで失礼する。シヴァン、またな」

ラーナシュはすっきりした顔で玄関から出て行く。きっと、茉莉花の無償労働が終わる日を待つつもりなのだ。

ひとまずこの一件は落ち着いてくれた。そしてなによりも、ラーナシュが無事で本当によかった。

(マレムさんたちがどうしているのかも訊けたらよかったけれど)

白楼語で会話をし続けていたら怪しまれてしまうだろうから、ラーナシュにはこちらの事情を簡単に説明することしかできなかった。明日にでもどこかでこっそり会えたら……。

「……ジャスミン、こい」

シヴァンが恐ろしい顔で茉莉花を見ている。

ですよね、と茉莉花は心の中でそっと呟き、言われるまま応接室に入った。

「あれが誰だか知っていたのか⁉」

部屋に入るなり、シヴァンは尋問を開始する。

「昨日は知りませんでした。お名前からすると、ヴァルマ家のご当主さまですよね?」

ひっかけ問題にひっかからないよう、茉莉花は設定にそった答えをくちにする。

そう、自分はたった今、『財布を落とした人はラーナシュ』と知ったばかりなのだ。

「昨日の朝市でなにがあった?」

「財布を落とした方がいたので、追いかけて渡しました。買い物の途中だったので、すぐに別れました」

茉莉花が昨日の朝市に行ったことは、調べればすぐにわかる。

やましいことはなにもないという演技をしていると、シヴァンは拳で卓を叩いた。

「余計な親切をするな！」

――貴方は司祭ですから、よい行いをした人を褒めるべきだと思います。

茉莉花は喉の奥に言いたいことを押しこみ、心を無にする。

「次からは、ヴァルマ家の財布が落ちていても絶対に拾うな！」

「わかりました」

財布が落ちていても、茉莉花にはヴァルマ家のものかどうかはわからない。

不可能なことを命じられるなんて理不尽すぎる。

「あの……ヴァルマ家の方々とは、そんなに仲がよくないのですか？」

あくまでも異国人の自分は、二重王朝問題で揉めていることしか知らないはずだ。

言葉を慎重に選びながら、シヴァンの心の中を探ってみた。

「あのお坊ちゃんは、色々な国を旅してきた大馬鹿息子だ」

「跡取り……なのにですか？」

うっかり「そうですか」という返事をしそうになり、茉莉花は慌てて別の言葉に変える。

ただの学者は、当主のラーナシュを長男だと思っているはずだ。

(誰がいつ亡くなられたかなんて、わたしは知らないはず……!)

設定通りの人物になりきるのは、とても難しい。

「ラーナシュはヴァルマ家の三男坊だ。あそこの長男は跡取りとしてずっと家にいて、次男はいざというときの跡取りの予備だった。三男のラーナシュは家に囚われることなく、あちこちの国に遊学して、この国にほとんどいなかった。それなのに……」

「お兄さま二人を押しのけて当主に?」

「違う。あいつの兄たちは死んだ。あいつは三男だったのに、当主になった」

ふん、とシヴァンは吐き捨てる。

「よくあることだ。我々は血の報復を繰り返しながら歴史を重ねている」

シヴァンの冷たい瞳に、苛立ちが混じっているような気がした。一体、どんなことへの苛立ちなのだろうか。

「気楽な三男坊を楽しんだあげく、当主となってヴァルマ家のすべてを手に入れたラーナシュのことが、私は大っ嫌いでね」

理不尽な理由でとんでもなく嫌われているラーナシュに、茉莉花は同情してしまう。

シヴァンの気持ちはわからなくもないが、でもこれはやはり理不尽だ。

(司祭職に就いている方々の個性は強い……。ラーナシュさんは善意の塊で、シヴァン司

祭は理不尽の塊だわ）

　できればどちらも関わりたくない相手である。

　しかし、もう関わってしまったのだから、嘆きつつもがんばろう。

（それにしても……『大嫌い』であって『殺したい』わけではないのね）

　あれほど血で血を洗う関係だとラーナシュは言っていたのに、ラーナシュはシヴァンと普通に会話をしていた。

　シヴァンもシヴァンで、ラーナシュを捕らえたり攻撃しようとしたりせず、ラーナシュが帰って行くのをただ見送った。

（今のアクヒット家は、カーンワール家との対立が激化していて、ヴァルマ家を敵に回せないのかもしれない）

　叉羅国内の状況はどんどん変わっていく。茉莉花の設定がその場に応じてころころ変わっていくのと同じだ。

「ジャスミン、お前は外に出るな。わかったな？」

「わかりました」

　茉莉花は屋敷を抜け出してラーナシュと連絡を取りたかったが、諦めることにした。

　シヴァンの話はこれで終わりとなり、シヴァンは茉莉花を置いて応接室を出て行く。

「さて、と」

茉莉花も仕事に戻らなければならないのだが、気になることがあった。

「これは見事だ、とは言いにくいかも」

この応接室に飾られているものは、シヴァンが集めた珍しくて貴重なものばかりだと聞いていた。だから応接室の掃除は、つぼみしかできないことになっているのだ。

「どれもたしかに高価なものだけれど……」

白楼国の後宮で物を見る眼を養った茉莉花は、『ここにあるものは客人に自慢できるのか』という疑問を抱いてしまった。

たとえばこの琵琶。茉莉花にとっては高すぎるものだけれど、シヴァンのような人にとっては安すぎるものではないだろうか。

「商人に騙されているとか？」

見る目がない人はどこにでもいる。シヴァンもそうなのかもしれない。

「それにしても、棚から趣味が見えてこないなんて珍しいわね」

後宮の宮女をしていたころの茉莉花は、妃の部屋の掃除をしながら、妃の趣味をぼんやりと感じ取っていた。

――部屋には、主人の好みが反映される。

どんなものを置くのか。どんな配置にするのか。

部屋の様子から、可愛らしいものが好きなんだなとか、綺麗なものが好きなんだなとか、どれを一番大事にしているのかが見えてくるのだ。

(わたしの部屋も、見る人が見たら『無趣味(むしゅみ)でつまらない』とわかるだろうし)

物をもたない茉莉花は、下宿先の自分の部屋を寒々しいものにしてしまっている。

それでも引き出しの中を覗きこめば、花柄(はながら)が好きそうということぐらいは伝わるだろう。

「『珍しいものが好き』は伝わってくるから、シヴァン司祭は本当にただ単純にそういう趣味をもつ方なのかもしれない」

動物が好きなのかと思えば、珍しいものが好きなだけだった。

でもその珍しいものに、シヴァンの好みは感じられない。

「……設定、みたいな」

そう、『珍しいものが好き』という設定にただ従うと、こんな選び方や並べ方になる。

(気をつけよう。設定のつくりこみが甘いと、違和感が出てくる)

——『わたし(ジャスミン)』は、きらきらしているビーズが好き。踊(おど)るときに鳴る腕輪(ヴァラヤ)の音が好き。朝市でビーズを買って、友だちと一緒にビーズの腕輪をつくっている。

趣味がわかるように、一番大事なものを入れておく引き出しへ、朝市で買ってきたビーズを入れておこう。

「ジャスミン！　ヴァルマ家の司祭の財布を拾ったって本当⁉」

仕事に戻れば、ソマラが興味津々という顔で迫ってくる。

ソマラだけではなく、他の人も茉莉花をちらちらと見ていた。みんな先ほどの騒動の詳細を聞きたいのだ。

「昨日の朝市で、ビーズの値段を手分けして見に行ったでしょう？　そのときに、前を歩いている人の財布が落ちたから、追いかけて渡したの」

「その人がヴァルマ家の司祭だった……⁉」

「渡したときには気づかなかったわ。気をつけてくださいね、と言って終わり」

朝市を一人で歩いていたのは、あのときしかない。

ソマラに疑われないよう、茉莉花は慎重に嘘をつく。

「ヴァルマ家の司祭さまが、お礼をわざわざ言いにきたの。それだけの話よ」

「そうだったんだ。でもヴァルマ家の司祭がそんな理由でここにくるなんてすごいね。で、なんかもらった？」

「ううん、なにも」

茉莉花が首を振れば、「残念だったね」とソマラがそこだけ声を潜めた。

お礼を期待するような言葉を聞かれたくなかったのか、それとも相手がヴァルマ家だったからなのか、どちらだろうか。

「……ねぇ、アクヒット家はヴァルマ家とそんなに仲が悪いの？」

桶の水を取り替えに行くとき、茉莉花はこっそりソマラに訊いてみる。

どんな反応をするだろうかと不安になったが、ソマラはあっけらかんと答えた。

「私は今の司祭さまの代になったときに雇われたから、仲が悪そうとしか思わないな。けど、先輩たちはみんなヴァルマ家もカーンワール家も許せないって怒ってる。今の司祭さまの叔父さんとお兄さんが、ヴァルマ家やカーンワール家に殺されたんだって」

ソマラは汚れた水を捨て、桶を軽く洗う。

茉莉花は桶で水を汲みながら、そうなんだと呟いた。

「きっと私も、今の司祭さまになにかあったら、ヴァルマ家やカーンワール家を許せない。今の司祭さまはとてもいい人だからさ」

マレムたちがアクヒット家やカーンワール家を憎むように、アクヒット家の使用人たちもヴァルマ家やカーンワール家を憎んでいる。

（誰だって、知っている人を殺されたら悲しい。犯人を憎む）

それは当たり前すぎることだ。そして、なにも知らない第三者が「憎んでは駄目だ」と言ってしまうのは、あまりにも残酷だ。

「うん、そうだよね。わたしもきっと……」

――『わたし』は、知っている人を殺されたら、犯人を許せない。

　憎んでもどうしようもないことぐらい、誰だってわかっている。それでも憎み続けるしかないのだ。

　茉莉花は、行く先々で「ヴァルマ家の司祭とどういう関係なの!?」と同僚に訊かれ、そのたびに「財布を拾っただけです」と答え続けた。

　何度も繰り返したせいか、仕事が終わって部屋へ戻ってくるころには疲れきっている。

（種(ビージ)どころか、つぼみ(カリィ)や花(プウル)、神の使いの世話係である愛人の方々も、わたしをわざわざ見にくるんだもの）

　なにかを探るような視線にさらされるのは、かなりつらい。

（おまけに……）

　朝、シヴァンに尋問を受けたとき、『財布を拾っただけ』という茉莉花の主張は一応信じてもらえた。しかし、シヴァンは念のためにと、茉莉花の荷物をあとで調べにきたのだ。シヴァンに茉莉花の荷物を確認しろと命じられた使用人たちは、茉莉花の荷物をひとつひとつ取り出して寝台に広げ、じろじろと見ていた。

　彼女たちは、茉莉花のために片付けるなんてことはしない。茉莉花の荷物は、今も寝台の上に散らかっている。

「……寝るためにはこれを片付けないと」

はぁ、とため息をつき、端から袋に入れていこうと手を伸ばす。そのとき、茉莉花は違和感に気づいた。

(誰かが、わたしの荷物にさわった?)

昼間、これをあとで自分が片付けなければならないのか……とうんざりしたときと、ほんのわずかに荷物の間隔が違う。

(シヴァン司祭の命令とは別に、誰かが調べにきたの……?)

荷物を探られるのは、これで二度目だ。

位置が変わっているといっても、今回もまた針一本分ぐらいのささやかな違いしかない。茉莉花でなければ絶対に気づけないだろう。

(……わたしの荷物を探っている人は誰なのか。その目的はなんなのか。色々な仮説を立てていたけれど、これでいくつかの説が消えた)

茉莉花は、さてどうしようかと悩む。

おそらく、放置しても問題はない。けれども、今後のために自分からしかけてみるのもありだ。

(売れる恩は高く売る。陛下ならそうなさるはず)

こんなことをするのは初めてで、どきどきしてしまう。

深呼吸を何度もしながら、小さな紙片に筆を滑らせ、文字が乾いたのを確認してから折りたたみ、枕の中にそっと入れた。

（上手くいけばひっかかってくれるはず）

なんだか悪いことをしているような気持ちになる。

小心者の茉莉花は、「やってみてもいい？」「これで大丈夫？」とみんなに訊いて回りたくなってしまった。

翌朝、きらきらしたものが次々に屋敷の玄関へ運ばれてくる。

「え？　え？　これってなに⁉」

なにが起きているのかを理解できる者はいなくて、みんながくちをぽかんと開けた。

茉莉花も皆と一緒に驚いていたのだが、それは美しい絹織物や黄金の装身具や宝石やちょっとした食器等が入っている箱にではない。それらを運んでいる男たちにびっくりしているのだ。

彼らは皆、ヴァルマ家の使用人で、ラーナシュと旅をしていた従者である。

茉莉花は、ひとりひとりの顔を確認するたびに、心の中でよかったと呟いた。

（みんな無事みたい……！　大きな怪我もなさそう……！）

全員が襲撃からなんとか逃れていたことにほっとする。

彼らは誰かを捜すような仕草はせず、黙々と作業を続けていた。茉莉花を見つけたとしても、知らないふりをするだろう。

「こちらの荷物は？」

使用人に呼ばれて慌てて出てきたチャナタリが、荷物を運んでいる男たちに問う。

「ヴァルマ家のラーナシュさまより、ここで働くジャスミンさまへお渡しするように言われました。お礼が遅くなって申し訳ないという伝言も預かっております」

ラーナシュは、善意の塊のような人だ。

茉莉花が旅の仲間を心配しているだろうと察し、荷物運びという方法で皆が無事であることを教えてくれた。

そして、そのためだけに落とした財布を拾った礼をしにきたのだ。

（……本当にただの善意なのよね）

無事を知らせてくれて嬉しい。

しかし、とんでもないことになってしまったのも事実だ。

（でも、これはある意味、あの問題を片付ける最高の機会かも……!?）

急いで作戦を立てていると、「ジャスミンはどこ?」とチャナタリが言い出す。

茉莉花はいつも胸に入れているコ・イ・ヌールを取り出し、首にかけている革袋へ入れ直した。そうすると、左右の胸の大きさが異なってしまうので、反対側の胸に詰めこんでおいた布も取る。その布で革袋を包み、腰のところにねじこんだ。

「ジャスミン！　ねぇ、大変なことになっているよ！」

ソマラが呼びにきてくれたので、茉莉花は掃除道具をもったまま玄関に向かった。

チャナタリは茉莉花の顔を見るなり、「どういうこと?」と訊いてくる。

「貴女への贈りものですって」

「……ええっと」

チャナタリの視線が茉莉花に突き刺さった。それだけなら我慢して終わりにするが、このあとの展開を考えると頭が痛くなる。

きっともうシヴァンにもこの騒動が伝わっているだろう。そろそろここにきて、ラーナシュの恩返しを見て、「余計な親切をするな！」と叫ぶはずだ。

「すごい荷物ですね……」

茉莉花は床に置かれた箱の前に膝をつき、中身を確かめるふりをして手を伸ばし、箱にかぶせてある繊細な模様入りの織物をそっとめくる。

途端、眼が痛くなるほどの輝きに圧倒されてしまい、茉莉花は何度も瞬きをした。

「すごいですね……」

それ以外、もうなにも言えない。あとは黙って箱に織物をかぶせ直すだけだ。

茉莉花はそのときに、腰にねじこんでおいた包みを箱の中にこっそり入れた。織物のしわを伸ばすという無駄な動きを取り入れることで、この不自然な動作をなんとかごまかす。


「ラーナシュ！ これはどういうことだ！」

「どうって、俺はジャスミンに礼をしただけだ」

遠くから聞こえてくるシヴァンとラーナシュの声に、この場の空気が凍りついた。

チャナタリはため息をついたあと、ぱんぱんと手を叩いて皆の視線を集める。

「全員、もち場に戻りなさい。ジャスミン、貴女は残って」

「……はい」

さすがは女性使用人のまとめ役だ。チャナタリは的確な指示を皆に出してくれる。

「ジャスミン！ 俺の贈りものは気に入ってくれたか？」

さわやかな笑顔のラーナシュが、玄関から入ってきた。その横には、不機嫌であることを主張しているシヴァンもいる。

「おはようございます。こちらの箱は……」

「財布を拾ってもらった礼だ。もうお前のものだ。好きにするといい」

「いえいえ、困ります」

手巾一枚ならば受け取れるが、ここまでのものは受け取れない。

「シヴァンから聞いたが、ジャスミンはシヴァンに礼をせねばならんのだろう？　この中から適当なものをアクヒット家に寄付しろ。それで恩返しは終わりだ」

「ラーナシュ！　余計な親切をするな！」

予想通りの反応をシヴァンはしてくれた。

きっとラーナシュがこの親切をしなくても、ラーナシュ自体が気に入らないので、別のなにかで理不尽に怒るだろう。

話が妙な方向に行き始めたので、茉莉花はラーナシュに声をかける。

「ヴァルマ家の司祭さま、わたしは人として当たり前のことをしただけです。これは受け取れません」

茉莉花は床に置かれた箱を一つ抱え、重さに耐えながらラーナシュへ差し出した。

「お気持ちだけ受け取ります。これはお持ち帰りください」

「しかし……」

「わたしはアクヒット家の司祭さまに助けられ、そのご恩を働いて返すとお約束しました。

気持ちには気持ちを返すべきだと思ってしていることです」

重たい箱をラーナシュに押しつけ、息を吸いこんだ。

「すべてお返しします。黄金の腕輪も、真珠の髪飾りも、……大きな金剛石もなにもかも」

そう言ってラーナシュの瞳をじっと見つめる。

伝われ、と願えば、ラーナシュは息を呑んだ。

「ジャスミン……」

茉莉花はラーナシュに頷き、そうだと示す。

するとラーナシュの視線が下がり、茉莉花の胸の辺りで止まった。

ラーナシュは、昨日よりも小さくなった胸を確認したあと、強引にもたされた箱をじっと見つめ……、なんとも言えない表情になる。

(アクヒット家へ身を寄せているわたしに、コ・イ・ヌールを管理させておくのは、危険すぎる。ラーナシュさんはわたしにコ・イ・ヌールをもたせておきたかったでしょうけれど、今の状況ではコ・イ・ヌールの保護を優先し、一度自分の手元に置き直すしかない)

押しつけられたコ・イ・ヌールをラーナシュが納得する形で返す、という難題を、茉莉花はここで解いてしまうことにした。

ラーナシュもそれに気づいたのだろう。アクヒット家にコ・イ・ヌールを奪われるわけにはいかないので、コ・イ・ヌールを受け取るという決断をするしかない。

――マツリカ！　それは卑怯だぞ！

そんな表情になっているラーナシュに、茉莉花はにっこり微笑む。

「し、しかたないっ……。マレム、これをもって帰るぞ！」

せっかく白楼国の女性文官に押しつけたコ・イ・ヌールが、戻ってきてしまった。

ラーナシュはがっかりしただろうが、茉莉花にとってはほっとする出来事だ。

「ジャスミン、ここでの無償労働はあと何日あるんだ？」

「四日あります」

「わかった。ならば四日後に迎えにこよう。ヴァルマ家の客人として、家に招きたい」

ラーナシュは名案だと眼を輝かせ、茉莉花の手を握る。

茉莉花はアクヒット家を出るなり、ラーナシュとコ・イ・ヌールを巡る駆け引きを始めなければならないようだ。

「綺麗な服と美味い食事を用意しておく。こんなみすぼらしい姿で働かされて可哀想に。……うん？　少し痩せたか？　医者に診てもらうか？」

昨日会ったばかりの設定なのだから、痩せた太ったという指摘はありえない。

（ラーナシュさん！　設定をしっかり守って！）

茉莉花はひやひやしたが、シヴァンにとってはただの挑発や嫌みに聞こえたようだ。

シヴァンは足音を立てながらこちらに近づき、茉莉花とラーナシュを無理やり引き離した。

「服も食事も医者も必要ない」

シヴァンは憎しみをこめた瞳でラーナシュをにらみつける。

「ジャスミンはアクヒット家の客人として迎える！　チャナタリ！　こいつを磨け！」

ラーナシュへの対抗心から、シヴァンはとんでもないことを言い出す。

茉莉花がおそるおそるチャナタリを見ると、チャナタリは肩をすくめて「諦めて」という同情の視線を送ってくれた。

茉莉花は、一度はアクヒット家の使用人の中でも下働きしかできない種であったのに、突然お客さまとしてもてなされることになった。

自分の設定がころころ変わってしまうことに、そろそろついていけなくなっている。勿論、周囲もついていけていないだろう。

「アクヒット家の客人は、愛人の私よりも立場が上なの」

チャナタリが放った衝撃の言葉に、茉莉花はどう返事をしたらいいのかわからない。

言われるまま再び身体を磨き、最高級品の服を身につけ、黄金の装身具を首と手首と足首と腰に巻き、真珠の髪飾りをつける。

歩くたびにしゃらしゃらという心地よい音が鳴るけれど、これではこっそり出歩くなんてできないだろう。

「神の贈りものとは名ばかりだ。お前は不幸ばかりを招く」

身綺麗にした茉莉花は、シヴァンに呼び出された。

場所はシヴァンの寝室だが、奥に通されることはなく、手前の部屋の卓に向き合って座っている。

「それは……申し訳ありませんでした」

茉莉花はこれからどうなることかと心配していたけれど、色々な設定変更をした結果、最高の設定になったのだと開き直ることにした。

そしてラーナシュのおかげで、今の叉羅国の状況もぼんやり摑み始めている。

（ラーナシュさんは無茶をする人だと思っていたけれど、無茶ができる状況になっていることをわたしに伝えたかったのかもしれない）

ラーナシュは、あの珀陽に「してやられた」と言わせた人だ。侮ってはいけない。

「ジャスミン、お前はたしか赤奏国の学者だったな」

「はい」

「世話をしてやるから、ヴァルマ家とは一切関わるな。目的を果たしたら首都を出ろ」

「わかりました」

一度首都を出てまた入ればいいか、と茉莉花はこっそり思った。

珀陽ならここで「そして二度と首都に入ってこないでね」とつけ足しただろう。シヴァンは少し詰めが甘い。

「お前は首都でなにをしたいんだ？　言ってみろ」

「アクヒット家の書庫の書物を読みたいです。それから、外に出て人と話すことも」

最初の設定を思い出し、茉莉花は学者らしい要求を告げる。

「外に出るときは見張りをつける。いいな」

「はい」

見張りつきか……と茉莉花は少しだけがっかりした。

「お前がヴァルマ家の下水からきたねずみだという可能性は、現時点では低くても、これからそうなる可能性は大いにある。諦めて従うんだな」

シヴァンの言葉に、茉莉花は驚いた。そこまで茉莉花の主張を信じても大丈夫なのだろうか。

「お前には、この国を旅するために必要な知識が圧倒的に足りていない。もしヴァルマ家のねずみだったのなら、それなりの準備をしてくるはずだ」

シヴァンの言う通り、茉莉花は女の一人旅という危険なことをしていた。

一応あれはしかたなくのことだったが、甘い考えと行動だったのはたしかだ。

「わたしの不慣れなところは演技だと考えなかったのですか？」

「本物のねずみなら、私の愛人になることを選ぶ。しかし、お前は愛人になることを拒否し、種になることを選んだ。この選択は、本物のねずみならありえない。ただの愚か者なら選ぶかもしれないがな」

種には、入ってはいけない部屋がある。自由に歩き回れる時間もなかなかない。諜報活動をするのなら、たしかに愛人という立場を利用すべきである。

「綺麗すぎる習ったであろうサーラ語を話すところからも、異国の学者という本人の申告が一番信用できると判断した」

茉莉花は、シヴァンに感心した。

ここにきてから、諜報活動のようなものをしたこともあった。しかし、それは『ようなもの』でしかない。あくまでも茉莉花の目的は、叉羅国の視察と理解なのだ。

「お前を野に放てば、すぐにヴァルマ家へしっぽを振るだろう。ふん、これだから女は嫌いだ！　金を見たら態度を変える！」

「しかしながら司祭さま、その嫌いな女性を夜ごと寝室にお連れしているではありませんか。よろしいのですか？」

「私は報告を受けているだけだ」

シヴァンはさらりと嘘をつく。どうやらシヴァンも珀陽と同じで、ものすごく面の皮が厚い人のようだ。かなりいい勝負になりそうである。

「ええっと、司祭さま。最初のお約束では、十日間の無償労働で恩返しをすることになっていました。客人として招いてくださるのは嬉しいですが、あと四日間、なにかお仕事をいただけないでしょうか。気持ちには気持ちを返したいのです」

「変わった女だな。いいだろう。どのような仕事をしたいんだ？」

「書庫の整理はどうでしょうか」

「……まぁ、好きにしろ」

シヴァンはこの家を探る気かと一瞬茉莉花を警戒したが、書庫という誰も出入りしないところを希望したので、やはりただの学者だなと安心した。

「それと、もしよろしければ……、アクヒット家の歴史を解説してください」

「解説？」

「はい。赤奏国にあった叉羅国の歴史書には、ところどころ比喩のような記述があって、叉羅国の歴史を完璧に理解することができませんでした。どうかお願いします！」

茉莉花の希望に、シヴァンはうんざりしつつも、つきあってやろうと頷いた。

「ヴァルマ家にしっぽを振られてはかなわんからな」

シヴァンはラーナシュへの対抗心をあらわにする。

こうやってシヴァンがラーナシュに張り合おうとするたびに、茉莉花にとって都合のいい展開が訪れてくれるので、しばらくはこの関係を維持してほしい。

「まずは光の山についてです。光の山は、神が生まれた地ですよね。そこに神が魔除けの金剛石を埋めた。叉羅国の人々は神に感謝をしながら魔除けの石を発掘するようになった。……ここまでに特殊な解釈をすべきところはありますか？」

「ない」

神が現れたから金剛石の鉱床ができたのではなく、金剛石の鉱床があったから神が現れたという伝説が生み出されたのかもしれない。

伝わっている話の前後関係は、当時を生きていた人にしかわからないのだ。

「神は光の山の麓に人をつくった。人は人の数を増やして国をつくり、光の山から下りてくる動物を神の使いとして崇めるようになった」

神の使いとされる動物は多い。

きっと山から下りてきた動物は、とても大事にされていたのだろう。

シヴァンも本気かどうかはさておき、多くの動物を集め、この家で世話している。

「その通りだが……これはまだ続くのか？」

歴史の確認をする茉莉花に、シヴァンはうんざりした声を出す。

茉莉花は慌てて首を横に振った。

「いえ、次は三百年前の出来事についてです。光の山から光の神子が現れましたよね。光の神子は本当に人間だと考えてもいいのですか？」

「神子は人間だ。間違いない」

これで光の神子が動物や宝石の比喩表現になっているという可能性は消えた。もっと単純に考えてもよさそうだ。

「光の神子は、人々に神の言葉を伝えた。……これはなにかのたとえですか？」

「なにか、とは？」

「光の神子が現れたときの叉羅国は、王が定まらずに混乱していました。しかし、光の神子がコ・イ・ヌールをアクヒット家とヴァルマ家とカーンワール家の三家に渡し、三家がコ・イ・ヌールを王に献上すると、国が落ち着いたのです。そして三家は、王から司祭職を与えられることになりました」

この話が、叉羅国の始まりの物語であったのならそこまで気にしなかったが、三百年前のことなら完全なつくり話というわけでもないはずだ。

「コ・イ・ヌールはたしかに大きい金剛石ですが、大きい宝石を献上しただけで王に次ぐ地位を与えられるものなのでしょうか。本当は、三家が王位継承権をもつ王子を殺して争いを収め、口裏を合わせるために光の神子の伝説をつくったとか……。他には、王に取り入った妃がいて、それを光の神子と呼ぶようになったとか……」

突然現れた『光の神子』のことが、茉莉花はずっと気になっていた。

その疑問をシヴァンにぶつけると、シヴァンは笑い出す。

「ははは！　お前はそこを気にするのか！　いやいや、光の神子についての真相は私も知らないが、光の神子に関するくだらん儀式なら残っている」

どこから話そうか、とシヴァンは足を組んだ。

「光の山は、サーラ国の中で最も古い鉱山だ。金剛石の鉱床を掘り進めた結果、内部は迷路のようになった。あそこに迷いこんだら二度と出られなくなるため、入り口を扉と鎖で閉ざしている」

「ちょうど三百年前に発掘が終了したと書いてありました」

「そうだ」

今の光の山は、宗教的な意味合いをもつ山でしかない。麓に小さな村があるだけだ。

「光の神子が現れたときとほぼ同時期に、鉱山は閉鎖された。そして光の神子が現れたあと、光の山でとある儀式を行うようになった」

年に一度、光の山で神に祈りを捧げる儀式があることなら、茉莉花も書物で読んで知っている。よくあるお祭りのようなものだと思っていたが、シヴァンのくちぶりからすると違うものなのかもしれない。

「光の神子は、祭壇に祈りを捧げ、山から下りてきた。我々がやっているのは、それを模した儀式だ」

山に神が現れた。山から神の使いが下りてきた。山から光の神子が下りてきた。

『光の山』は、かなり重要な意味をもつのかもしれない。

「三司は神子候補を連れ、光の山の中にある祭壇まで連れて行く。神子候補は祭壇に祈りを捧げる。その間に三司は山から下りる。神子候補は祈り終えたら山を下りる。山を下りてきた神子候補は光の神子となる」

どこにでもありそうな儀式だ。

だからシヴァンは「くだらん儀式」と表現したのだろうか。

「どの書物にも、どの歌にも、どの踊りにも、これだけしか語られていない。これ以上のことは誰もがくちを閉ざす。なぜだかわかるか？」

「これ以上のこと……？」

こんなにわかりやすい儀式に、なにかが隠されているようだ。

「もう少し詳しく説明してやろう。光の山の中には、坑道が無数につくられ、迷路のようになっている。祭壇までの正しい道を知っているのは三司だけだ。三司も全部を知っているわけではなく、一部分しか知らない。三司が揃うことによって、初めて祭壇まで行ける」

シヴァンの説明によって、一つわかったことがある。

三司は三百年前に司祭職を与えられた。だとすると、その前は光の山の発掘権をもっている地元の金持ちだったのかもしれない。

「三司は神子候補を祭壇まで導く。そのあと、祭壇で香を焚く。この香には催眠作用があって、嗅ぐと眠ってしまう。我々は神子候補を眠らせたあと、神子候補を置いて山から出て行く」

「……っ、待ってください！　そんなことをしたら、神子候補は帰り道に迷うのでは⁉」

いや、その前に眠らせることがそもそもおかしい。祈り終えるまで三司が待てばいいだけの話だ。なぜ三司は神子を置いて出て行かなければならないのだろうか。

「言っただろう、これは儀式だと。本物の神子なら自力で山を下りてくる」

「そ、それは……」

背筋が震えた。嫌な予感がする。もう答えは出ているけれど、白楼国の皓茉莉花が「ありえない」と言い続けている。

――異国人は生け贄としての需要がある。

茉莉花を襲った盗賊は、そんなことを言っていた。

生け贄を求める神がどこかにいるのだろうとしか思っていなかったけれど、まさか本当に国という規模でこんなことが行われているのだとしたら。

「坑道で迷った神子候補は、あとで迎えにきてもらえるんですよね……？」

そうであってほしいと茉莉花が震える声で確認すると、シヴァンは笑った。

「坑道の奥の祭壇まで行くのに三日かかる。儀式が始まってから十日後、坑道の出入り口は完全に封鎖される。次に出入り口を開けるのは一年後だ」

――出てこなかった神子候補は見捨てる。

シヴァンに残酷な事実を教えられ、茉莉花は言葉を失った。

(神子候補たちは、食料と水をもらっているのかしら……?　それなら坑道のどこかに抜け道があったら……!)

救いを求める茉莉花に、シヴァンは冷たい言葉を放つ。

「このくだらん儀式は毎年行われている。しかし、二人目の光の神子はまだ現れない」

暗闇の中、水もなく食料もなく、苦しんで命を落とす神子候補たちがいる。

これがこの国の『当たり前』だ。

なぜ、どうして、ひどい、やめて――……そんなことを言えるのは、部外者だから。

わかっていても、茉莉花の喉の奥に苦いものが上がってきた。

「……最初の光の神子は、本当に神子だったのですか?」

茉莉花は、か細い声でなんとか疑問をくちにする。

シヴァンはどうだろうなと肩をすくめた。

「三司が協力したら、光の神子が現れる。それは間違いない」

あらかじめ、三司が神子候補に正しい道を教えておけば、神子は戻ってくることができる。もしかしたら、最初の神子はつくられた神子だったのかもしれない。

(だったらもう一度……。いいえ、今の状況では無理だわ。三司が自分の家を最も大事にするから、二重王朝を一つに戻す気がない)

許せない、と言ったマレムやソマラの声が、茉莉花の頭に響く。

今のままでは手を取り合うなんて不可能だ。そもそも三司が裏工作に同意できる状態なら、光の神子に頼る必要なんてない。

「失礼します。司祭さま、お客さまです」

「誰だ？」

「ユウ・ショウアンさまでございます」

「すぐ行く。……ジャスミン、ちょうどいい。お前も同席しろ」

茉莉花は混乱したままシヴァンのうしろをついていき、応接室に入る。

そこにはチャナタリや他の愛人もいて、彼女たちはシヴァンの横の席に座ろうと互いに牽制し合っていた。

「司祭さま、ご機嫌麗しく存じます。今日は……」

茉莉花は一番端の席で、シヴァンと商人のやりとりをぼんやり眺める。

今ここにいる商人は、赤奏国からきた人だ。

前回の白楼国人っぽい商人とは違い、明らかに赤奏国訛(なま)りのある叉羅語を話しているし、着ているものに不自然なところはない。

彼の話に惹(ひ)かれるものはなかったので、茉莉花の頭の中で光の神子の話がずっとぐるぐる回っていた。

（他の国の人になりきるのは難しすぎる……）

光の神子の儀式を当たり前だと呑みこむことは、一生無理だろう。

自分には、叉羅国の国民ごっこしかできそうにない。

「……ジャスミンさま、貴女もなにかお手に取ってみては？」

ずっと黙(だま)っている茉莉花に、チャナタリが声をかけてくれる。

はっとして顔を上げれば、いつの間にか皆の視線が自分に集まっていた。

「赤奏国の生まれの貴女には、なじみ深いものも多いでしょう。これなんか似合いそうですわ」

使用人のまとめ役であるチャナタリは、どんなときも自分の仕事を忘れない。

「ええっと……」

「いや、こちらの方がいい。これを買ってやろう」

広げられている高級品の中からシヴァンが選んでくれたのは、真珠(しんじゅ)の歩揺(ほよう)だ。

（妙なものを選ぶと思っていたのに、すごく上品で質のいいものを勧めてきた）

シヴァンに驚きながらも、茉莉花は受け取れませんと断る。

「わたしはまだ恩返しの最中ですから」

他の人にぜひと笑顔で言えば、ようやく皆の意識が自分から別の人に移った。

（……シヴァン司祭、珍しいものが好きだと言っていたのに、世話係の方々にはまともなものを贈るのね。それに物のよしあしをしっかり見分けているみたい）

商人に騙されて安いものを高く売りつけられているのでは、と心配していたが、その心配は必要なかったらしい。

（だとしたら、なぜこの部屋に飾られているものは中途半端なものばかりなのかしら）

応接室に飾られている花瓶や皿を、茉莉花はちらりと見る。

（やっぱり気になるかも。アクヒット家の客人という立場を使って、疑われない範囲でこの屋敷内をもう少しだけ調べてみよう）

やるべきことというものは、ときに心を楽にしてくれる。

深呼吸をすることで、気持ちを切り替えた。

（まずは『設定の仕上げ』から。叉羅国の歴史を解説してもらえたおかげで、ジャスミンのための材料が揃った）

シヴァンと商人との話が終わったあと、茉莉花は客人用の部屋に案内される。

茉莉花は一人にしてくれと頼んだあと、立派すぎる部屋の真ん中に立って眼をつむった。

頭の中に、大きな一枚の紙を広げる。

いつもは無意識に紙の色を白色にしているので、今回は設定の切り替えを楽にするために、薄藍色(うすあいいろ)をつけてみた。

そこに『叉羅国生まれのジャスミン』の点を置いていく。

——東部のぶどうの産地に生まれた。

——『甘い』の基準は熟(う)れたぶどう。

——兄弟(きょうだい)がいたので、小さいころから出稼(でかせ)ぎに行っていた。

——踊りが好きで、神に踊りを捧げる踊り子になりたかった。

——アクヒット家も自分の家のように感じている。

ここで働いている皆から得た設定を、ひとつひとつ紙に書いていけば、星空のような大きい紙ができあがる。

（叉羅国の民は『家』という集団を最も大事にする。これを常に意識する）

次に、点と点を結んでいく。

どことも繋(つな)がらない点があったら、書き換えるか削除(さくじょ)するかのどちらかを行う。

——踊りが好き。だから踊りのときにつける飾りをビーズでつくるようになり、今は趣味にしている。

――ビーズを見に行ける朝市の日を、とても楽しみにしている。

点と点を結ぶ道をつくるたびに、薄藍色の紙の向こうにいる『ジャスミン』に血が通っていく。表情のつくり方も、何気ない仕草も、ジャスミンに備わっていく。

（ジャスミンは生きている。生きているから感情がある。嬉しいことがあれば楽しくなるし、つらいことがあれば悲しくなる。他の家の人が生け贄になったとしても、自分には関係ないと思う。でも、アクヒット家になにかあれば怒る）

一人の人間がこの紙の向こうで生きている。

自分と同じだけれど、まったく違う人間だ。

「わたしは『ジャスミン』。……ようやく仕上がった」

修正する部分はまだたくさんあるけれど、原型はできた。

茉莉花は客間に飾ってある鏡を覗きこみ、笑顔をつくる。

そこには、愛想笑い（あいそわら）が得意な茉莉花ではなく、心の底から笑うことができるジャスミンが鏡に映っていた。

第五章

十日間の無償労働は、無事に終わった。

アクヒット家の客人として迎えられるというとんでもない展開のあとは、居心地の悪ささえ我慢すればよかったのだ。

「ジャスミン！　迎えにきたぞ！」

さわやかな笑顔で玄関に立っていたのはラーナシュだ。

遠くからシヴァンの「待て！」という叫び声が聞こえてくる。きっとラーナシュはシヴァンの制止を振りきってこちらの屋敷にきたのだろう。

「ラーナシュ！　勝手なことをするな！」

「ああ、言い忘れていた。ジャスミンを迎えに行きたい」

「そういうことではない!!」

シヴァンの怒りを察したのか、玄関から人がいなくなっていく。

茉莉花もここから離れたかったのだが、ラーナシュとシヴァンに腕を掴まれたので、逃げることができなかった。

「シヴァン、応接室を借りる。お前もきていいぞ」

「ここは私の屋敷だ！」

シヴァンが怒りながらラーナシュを応接室に連れて行く。

茉莉花は、荷物をもって出て行けるのはもう少しあとのことになりそうだと苦笑した。

応接室に入ってからも、また揉めた。

茉莉花をラーナシュの横に座らせるのか、それともシヴァンの横に座らせるのかで、二人がくだらない争いを始めたのだ。

結局、今はまだアクヒット家の客人だという茉莉花の意見が採用された。茉莉花はシヴァンの隣に座り、出された茶を黙って飲む。

「どうした？　この茶は美味いぞ」

いらいらしているシヴァンに、ラーナシュは首をかしげた。

「私はお前のそういう図々しいところが……いや、すべてが個人的に嫌いだ」

「俺はシヴァンのことを個人的にかなり好きだぞ」

ラーナシュの心からの言葉と笑顔は、シヴァン限定で別の効果を与えている。

シヴァンのためにもう少し淡々とした対応をしてあげたらいいのに、とラーナシュに思いつつも、茉莉花はくちを閉ざした。余計なことは言わない方がいい。

「それで、なんの用だ？」

シヴァンは、早く帰れという気持ちを包み隠さずはっきり表す。

しかし、ラーナシュはまったく怯まなかった。

「まぁ、待て。まずはジャスミンと情報共有をしたい。それからシヴァンにもこちらの事情をある程度まで明かそう。あとで勝手な妄想をされても困るからな」

ラーナシュは手にもっていた飲杯を卓に置き、茉莉花に向き合う。

「先日もう見ただろうが、マレムたちも無事だ。襲撃から逃れたあとは別々に移動していたが、ヴァルマ家の本邸で合流できた。お前だけなかなか見つからずに焦っていたが、朝市での目撃情報からようやく見つけることができたんだ。怪我がなさそうでよかった。ずっと皆で心配していた」

ラーナシュの両手が、茉莉花の手をぎゅっと握る。

そのぬくもりからラーナシュの優しい心が伝わってきて、茉莉花は微笑み返した。

「待て！　どういうことだ!?」

感動の再会をやり直ししている茉莉花とラーナシュの間に割って入ってきたのは、シヴァンだ。シヴァンは無理やりラーナシュの手を茉莉花からはがす。

「ジャスミン！　お前はヴァルマ家のどぶねずみだったのか!?」

「いいえ、違います」

「いや、違うぞ」

そうではないと、茉莉花とラーナシュは否定した。

「ジャスミンはヴァルマ家の客人だ。仕事でサーラ国を見て回っている。俺とジャスミンは互いに利用し合う関係だから、場合によっては敵にもなるし味方にもなる」

ラーナシュは、茉莉花の本当の身分を明かさず、しかし前々から知り合いであることは匂わせた。

「実はな、ジャスミンを連れてヴァルマ家の本邸に行く途中、宿を焼かれた」

衝撃の事件を知らされたシヴァンは、難しい顔でまさかと呟く。

「心配するな。たとえあの襲撃がアクヒット家の者によるものだったとしても、お前の指示ではないことぐらいわかっている。今のお前は、俺を敵に回せないと理性で判断できているからな」

ラーナシュのおかげで、茉莉花にもシヴァンという人間が見えてきた。

シヴァンは、ラーナシュを殺したいほど憎んでいたとしても、家のためなら復讐を我慢できる人なのだ。

「……ジャスミン。なぜアクヒット家に助けを求めた？　そうならないよう、この国の事情を話しておいたはずだ。いくらなんでもこれは危険すぎる」

茉莉花には、叱られることをした自覚がある。

「すみません、その通りです。今回は偶然にもアクヒット家の司祭さまが親切な方だっただけで……」

「この女は首都に向かう途中、盗賊に襲われていた。偶然にも通りがかって助けてやった私に、物を知らない小娘のふりをして私を騙したのだぞ！　危険だったのは私だ！」

加害者は茉莉花で、被害者は自分だとシヴァンは主張するが、ラーナシュは無視する。

「今回は幸運すぎる状況だったんだ！　いいか、二度とこんなことをするな。シヴァン以外のアクヒット家の者やカーンワール家の者に助けを求めていたら、その場で殺されていたかもしれない！」

ラーナシュの言葉に、シヴァンは舌打ちをした。

「私だって、お前の血を見たいけれどね」

馬鹿なことを言うなと、シヴァンは吐き捨てる。

けれどもシヴァンは、アクヒット家に何度も乗り込んでくるラーナシュへ、一度も手を出さなかった。殺そうと思えばいつでも殺せたのにしなかったのだ。

それはやはり――……。

「今のアクヒット家とカーンワール家は、それぞれ別の王朝を支援していて、静観しているヴァルマ家を敵に回せない状況なんですね」

「その通りだ。シヴァンはヴァルマ家を取りこみたいから、俺を手荒に扱えない。そして俺は、このどちらにも協力しない状態を維持するために、襲撃の犯人を明らかにすることはできない」

ラーナシュが感情のままに行動すれば、犯人ではない方についただろう。

けれども、ラーナシュはその選択をしなかった。

（ヴァルマ家がどちらかの家につけば、仲裁役になれるかもしれない存在が失われ、平和的な解決方法がなくなり、この国の崩壊を招くかもしれない。ラーナシュさんはそのことをわかっている。理性を働かせて踏みとどまっている）

珀陽に対し、王になってくれという要求を突きつけたラーナシュの原動力は、叉羅国の未来という重たすぎるものを背負っているからこそ生まれたのだ。

茉莉花は、ラーナシュを素晴らしい人だと思う。

けれど同時に、ジャスミンとしての心の中に疑問が生まれる。

「ラーナシュさん。わたしはアクヒット家の使用人として働くことで、叉羅国への理解を深めようとしていました。ですが、叉羅国を理解すればするほど貴方のことをより理解できるようになるはずなのに、逆に違和感を抱くようになってしまったんです」

「違和感？」

きょとんとしているラーナシュに、茉莉花は頷く。

「異国人のわたしにとっては当たり前すぎることが、叉羅国で生まれ育ったジャスミンにとっては不思議なのです」

『叉羅国生まれのジャスミン』という設定を、茉莉花は頭の中に広げた。

「ジャスミンは、叉羅国の東部の田舎で生まれました。踊りが好きだけれどあまり上手ではなくて、踊り子になるのを断念しました。踊るときに鳴る腕輪の音が好きで、ビーズの腕輪づくりを趣味にしています。ぶどうの産地に実家があるので、ぶどうを食べ飽きてしまいました。甘いぶどうの味に慣れているので、お茶には砂糖を三杯入れてしまう……」

どこで生まれたのか、どう育ったのか、なにを好むのか。

ジャスミンという設定は、茉莉花の中で一人の人間として生き始めている。

「アクヒット家の本邸の使用人として働き始めて二年、ようやく仕事に慣れてきました。先輩に計算を習っているけれど、あまり得意ではありません。ときどき朝市に行ける日を楽しみにしていて、こっそり寄り道をしてビーズを買っています。毎晩寝る前に、ビーズでの腕輪づくりをちょこっとずつ進めています」

どこにでもいそうな、普通の少女。

その設定に合わせて、ジャスミンならどう思うか、どういう行動を選ぶのかと、ここ数日はそればかりを考えていた。

「普通の少女であるジャスミンは、自分の家のようにも感じているこのアクヒット家の人が殺されたら、犯人を許せません。犯人は復讐されるべきだと言います」

ここで働いている使用人たちは、ヴァルマ家とカーンワール家を許せない。

今はまだよくわかっていないジャスミンも、いずれは皆と同じになる。

「だから不思議に思うのです」

茉莉花はジャスミンとして、ラーナシュの澄んだ瞳を見つめた。

深呼吸を一つしてから、ずっと抱えていた疑問をぶつける。

「──ヴァルマ家の司祭さま。貴方は兄二人と父を殺されたのに、なぜアクヒット家やカーンワール家と手を取り合おうとするのですか？」

叉羅国の人は、家を大事にする。ヴァルマ家の人間なら、家族を殺されたことを許せるはずがない。

「皓茉莉花なら、ラーナシュさんの気持ちを理解できます。国の未来のために、悲しみを乗り越えなければならないこともあるからです。それができる貴方は立派な人です。司祭として叉羅国に尽くす姿を、わたしは尊敬します」

けれども、と茉莉花は続けた。

「ジャスミンは違います。家より国を大事にしようとするその姿勢に、違和感を覚えてしまう。薄情者だと罵ることもあるかもしれません」

ジャスミンはラーナシュに「おかしい」と叫ぶ。

許せてしまうその心がまったく理解できないのだ。

「貴方のその考え方は、叉羅国の人にはできないものです。……それなのに、貴方はどうして国のために復讐を諦めることができたのですか？」

ラーナシュがやろうとしていることをこの国の人々が知れば、ジャスミンと同じことを思うだろう。どれだけ説明されても理解できない。自分たちの『当たり前』を大事にしないこの男に、怒りを感じてしまう。

茉莉花――……ジャスミンの問いに、ラーナシュは葛藤した。片手で乱暴に頭をかき、何度も小さく呻く。

「どう言えばいいのか……うん、ジャスミンの方がきっと普通だ。俺は変だ」

きっとラーナシュは、自分にもその問いかけをしたことがあったのだろう。

気にしていることをはっきりと言われてしまった、という反応だ。

「俺はヴァルマ家の三番目の息子として生まれた。長兄は跡取りとして父から司祭の仕事を教えられ、次兄は跡取りの予備として同じように司祭の仕事を教えられていた。三男である俺は、ヴァルマ家を絶対に継げない。ここ数年は次々に人が死んだが、いつもここまで人が死ぬわけではないのだ」

ラーナシュは、ヴァルマ家に生まれた男として、司祭の仕事を一通り学んだ。しかし、兄のように父の傍で司祭の仕事をずっと見ていたわけではない。

「俺は早々に自分の立場を理解した。俺は家のために外へ出て、外の知識を学び、家にも持ち帰って活用することが自分のすべきことだと悟った。それであちこちに遊学した」

指を折りながら、行ったことのある国名を告げるラーナシュの瞳は輝いている。

それを見たシヴァンは、眼を細めた。

「ふん、いいご身分だな」

「その通りだ。外は楽しかったぞ、シヴァン！　見たことのないものばかりで、色々な人間がいて、毎日が新しい出会いだ。どの国に行っても常識が違う。言葉が違う。色が違う。食べものが違う。俺はその違いが本当に面白かった」

ラーナシュは三男という立場に満足していたし、向いていた。

兄たちもまた、外の国を飛び回る弟を苦笑しつつも温かく見守ってくれていたのだ。

「俺は外の国の制度を学んだ。歴史を学んだ。本気で取り組めたのは、外に友人ができたからだ」

価値観が違っても、気の合う人はいる。

互いの国や生き方を尊重すべきだと、ラーナシュは若いころに覚えることができた。

「なぁ、マツリカ。俺は外の国の『国のために』という概念は、当時はあまり理解できなかった。そんなものより『家』を大事にするべきだと、俺は心の中で何度も反論していた」

そこはどうしても譲れなかった。それでいいとラーナシュは信じていた。

「でも、叉羅国へ戻ったときに気づいた。『ああ、国に帰ってきた』と」

ラーナシュの言葉の意味を、茉莉花はほんの少しだけ理解できる。

赤奏国から白楼国に戻ったとき、安心した自分がたしかにいたのだ。

「国に帰ってくると、同じ言葉を話す人ばかりになって、慣れ親しんだ料理が出てきて、皆が同じ歌をうたい、同じ踊りをおどり、家を大事にする人たちに囲まれる。そのとき、ようやく俺はわかった。これが『国』なんだと」

それはラーナシュにとって、とても不思議な感覚だった。

「サーラ国にいるだけでは絶対に気づけない。外の国を回っていたから、帰ってきたときにほっとできたんだ。――……俺はようやく外の友人たちの『国のために』という気持ちを理解できた気がした」

家という小さな集団を、ラーナシュは愛している。その愛は変わらない。ただ、愛の範囲が広がったのだ。

「俺はこの国が好きだ。外の国にいた俺が、このことを一番大きな声で言わなければならない。うん、この国が大好きだ。絶対に守りたい」

国の中にいなければわからないことと、国の外にいなければわからないことがある。

ラーナシュは、その両方を大事にしたいのだ。

「まぁ、これは大した話ではない。外でふらふら遊んでいた男の考えだ。正しいか正しくないかで言えば、この国なら正しくない考え方だ」

ラーナシュの声に自嘲の響きが混じっていることを感じ取った茉莉花は、椅子から身を乗り出した。

「正しいとか正しくないとか、そういうことではないと思います」

ラーナシュの想いを、願いを、たった二つしかないところへ分類したくない。

この想いは唯一のもので、大切にされるべきだ。

「わたしにとって、国を守りたいというラーナシュさんの想いは、とても好ましいものです。世界中の人が正しくないと言っても、わたしは貴方を尊敬し続けます」

かつて太学の学生だった茉莉花は、「白楼国を救うために文官の振りをしろ」と珀陽に言われたことがある。そのときは与えられた役割を無我夢中で果たすことしかできなかった。

国を守りきっても、「よかった」だけで終わる自分が情けなかった。眼の前のものしか見れない普通の人が文官になってもいいのかと悩んだ。

茉莉花は結局、その気持ちのまま国と民を守る官吏になってしまったけれど、でもようやく国を守りたいという気持ちがほんの少しずつ育ってきている。

ラーナシュの『家だけを大事にすべきだ』から始まり、少しずつ変わって『国も守りたい』になったのは、自分とまったく同じなのだ。

——ここに貴方を応援する人がいます。

どうか伝われ、と茉莉花はラーナシュの瞳を見つめる。

「不思議ですね。生まれも育ちもなにもかも違うのに、人はわかり合えるときがあります。わたしは、ラーナシュさんのことをようやく少しだけ理解できました」

茉莉花の言葉に、ラーナシュは眼を円くする。

「少しなのか？」

「はい。全部をわかるなんて無理です。自分のことだってわからないんですから」

「たしかにそれもそうだ。昔の俺が今の俺を見たら、驚いて叫ぶだろう」

茉莉花も、昔の自分に『官吏になるよ』と教えたら、ありえないと笑われるだろう。

自分がどうなるのか、自分さえわからない。

いつだって悪い方に変わってしまうことが恐ろしくて、今のままでいいと足を止めることが多いけれど、導いてくれる人や叱ってくれる人、見守ってくれる人がいるから、小さな勇気を出すことができる。

——でも、ラーナシュさんにそんな人はいるの？

国を守る官吏である自分を理解してくれる人は、職場にたくさんいる。

そうでなければ、絶対にどこかで挫折していた。

（ラーナシュさんにはいない。この国の人は、ラーナシュさんのように考えられない）

家のためなら、国が滅ぶ道に進んでもいい。

そんな当たり前の中で、ラーナシュはいつもどんな気持ちでいるのだろうか。

「でもな、ジャスミン。数年後の俺のことならわかるぞ。ヴァルマ家を最も大事にしていて、復讐で国が滅んでもいいと言って、『普通の司祭』になっている」

ラーナシュは国を大事にしたいと思うようになったと言ったそのくちで、突然正反対のことを言い出す。

驚いた茉莉花に、ラーナシュは苦笑した。

「俺には味方がいない。こんな理想を語れるのはあと数年だけだ。そのうち皆の強い想いに呑みこまれ、己を『しかたない』で納得させてしまう」

外の国は楽しいと眼を輝かせたラーナシュが、国を守りたいとただ一人願うラーナシュが、数年後には憎しみの重圧に負ける。

その姿が、茉莉花にも想像できた。自分ならもっと早くに、いや、願いを言葉にすることなく諦めるだろう。

「こんなに必死になれるのは今だけだ。だから俺はとても焦っている。いつか俺の気持ちが変わる前に、二重王朝状態だけでもどうにかしなければならない……！」

ラーナシュは王の証をもって白楼国に乗りこみ、珀陽へ叉羅国の王になるよう頼んだ。

無茶で無謀なラーナシュの行動は、あと数年しかないという焦りがあったからだ。

（わたしは、このままのラーナシュさんでいてほしい）

外の国を回るのが楽しいと瞳を輝かせるラーナシュが、国を守りたくて無茶なことをするラーナシュが好きだ。どうかその夢を諦めないでほしい。

（そのためにも、ラーナシュさんには理解者が必要だわ。わたしのような外の人間ではなく、叉羅国内に誰か一人でもいたら、ラーナシュさんの心を支えてくれるはず……！）

おそらく、現時点で一人いる。

そのことにラーナシュは気づいていて、だから『個人的にかなり好き』なのだ。

一人で願いを叶えることはとても難しい。

ラーナシュのように、重たすぎるものを背負っている人は、個人の願いを手放す決断を迫られるときもある。

「国のためになにかしたいと思うことはなくても、冷静に周りを見れる人ならいます。国の危機によって自分も危なくなることに気づき、対策を立てている人ならいます」

茉莉花は、馬鹿馬鹿しいという顔でずっとこちらを見ていたシヴァンに向き合う。

シヴァンは、アクヒット家を大事にし、他家への復讐を忘れず、二重王朝を利用した三家の争いへ積極的に参加している——……ように見えても、それだけではない。

「シヴァン司祭、貴方はくちではアクヒット家の司祭らしいことを言っていても、いつも理性ある判断をしています。だからラーナシュさんから『個人的にかなり好き』と言われてしまうんです」

茉莉花の言葉に、ラーナシュは頷いた。

「その通りだ。シヴァンは話がわかるやつだ」

「私はわかりたくない。勝手なことを言わないでもらいたい！」

シヴァンは、必要があればラーナシュと手を組むし、逆に敵対することもある。

感情よりも理性を優先できる人であり、そしてなによりも……人として普通の感性をもっていた。

（わたしは知っている。この方は、女の一人旅をしている異国人のわたしに、それは危ないと警告してくれた）

だから茉莉花は、アクヒット家でもこの人なら信用できると判断し、旅に同行させてほしいと頼んだのだ。

「シヴァン司祭は、アクヒット家を最も大事にしています。けれど、このまま三司がそれぞれの家を最も大事にし続けたら、叉羅国自体が危なくなることにも気づいている。そうですよね？」

茉莉花の確認に、シヴァンは呆れた声を出した。

「私が王朝を統一させる。それで問題はなくなる」

「いいえ、貴方はラーナシュさんの意見に賛成しています」

アクヒット家の中を、ラーナシュは一人で歩けている。

シヴァンが「今はラーナシュへ絶対に手を出すな」と使用人たちに命令することは、『今は』だとしてもきっととても難しい。それでもやっているのだ。

「私はラーナシュのことを『個人的に嫌い』なんだ」

シヴァンは、ずっとラーナシュを嫌いだと言葉や態度で示していた。

けれども茉莉花には、そこに親しみがこめられている気がしたのだ。

「ラーナシュさんのことを一人の人間として認識できるのであれば、貴方は……」

「その通り！　個人と家のつきあいは違う！」

シヴァンは茉莉花の言葉をさえぎる。苛立ちを隠さないまま立ち上がり、ラーナシュを指差した。

「ラーナシュ、お前は好き勝手に生きることを許された三男坊だ。あちこちの国へ行って、その国の人たちと『個人と個人』という交流をしてきたのだろう。お前には多くの友がいる。家を背負わなくてもいいただの裕福な坊ちゃんは、どんな相手であろうとも上手くわかり合ってきたはずだ」

「いや、わかり合えない人間もいたぞ」

「ええい！　少し黙っていろ！　どうせ数人だけだろう！」

シヴァンはラーナシュの反論を理不尽な言葉で封じこめる。

ラーナシュはこっそりと「シヴァンはすぐ怒るんだ」と茉莉花に言ってきた。

茉莉花は「怒らせているのは貴方ではないでしょうか」という言葉をなんとか呑みこむ。

「覚えておくといい。『個人と個人』はわかり合えても、家を背負う『集団と集団』の関係になったら、なぜかわかり合えないとね」

シヴァンの助言は、シヴァンの心を表している。

「私が家を背負った状態でお前と和解したとして、それがなんになる？　次の日、私とお前はそこの大通りに転がって犬の餌になるだろうね。この家の人間が私を殺す。ヴァルマ家がお前を殺す。そういうことなんだよ」

わかり合おうとする司祭を、家の人間は許さない。

裏切り者だと叫び、殺すという形で断罪する。

──シヴァンもラーナシュも、司祭である限り、家の人たちの気持ちを無視できない。

悲しみや憎しみは、説得してもどうにもならないことぐらい、茉莉花もわかっている。

ジャスミンは、親しい人を殺されたら犯人を許せない。もう一人の自分でさえもそうなのだから。

「……だったら、やり方を変えます」

貴方ならわかり合えるはずだという心に訴える方法は、シヴァンに拒絶された。

　こうなったら、協力し合わなければならないという状況をつくり出すしかない。

「ジャスミン？」

　ラーナシュの呼びかけに、茉莉花は大丈夫だと眼で応える。

　アクヒット家でのんびりと客人扱いを楽しんでいたわけではない。ずっと情報を集めていたし、罠もしかけておいた。

「シヴァン司祭。貴方はいざというときに備えて、国外の情報を集めていますね？」

「司祭として当たり前のことだ」

「ええ、そうです。司祭の仕事の範囲内のことです」

　シヴァンは、これぐらいのことでは動揺してくれない。司祭職についているだけはある。

「わたしは、アクヒット家の女性使用人の屋敷に住んでいるこの十日間、ときどき妙な違和感を覚えました。一つ目は、屋敷にくる商人の身元を司祭自身が隠していたことです」

　六日前にきた赤奏国の商人が、実は白楼国の商人だった。

　その二日後にも、別の商人の身元についてまたシヴァンは嘘をついた。

「六日前の商人については、うしろ姿を見ただけなので確証はありません。けれども、四日前と昨日きた商人は、出身国を偽っていました」

　使用人は客人にその姿を見せてはいけない。

　しかし、アクヒット家の客人となった茉莉花は、この屋敷に招かれた商人へ話しかけても問題ない。

（商人は本気で身元を隠したがっているわけではなかった。おそらくシヴァン司祭に嘘をつくように頼まれただけ）

　もちものをよく観察し、少し話せば、どこの出身なのかわかる。

「二つ目の違和感は、すべての商人の身元を隠していなかったことです」

　いっそ全部に嘘をついていたら、または全部が真実だったのなら、茉莉花は「シヴァンはそういう人だ」で終わらせていただろう。しかし、設定に矛盾があるから違和感を覚えてしまい、観察するようになってしまったのだ。

「三つ目の違和感は、『珍しいものが好き』という設定です。貴方はもののよしあしがわかる方なのに、特定の商人を相手にするときだけ、その眼が曇っていました。最初は、商人に騙されて妙なものを売りつけられているのではと心配していましたが……、商品を選んでいるところを見せてもらったときに考えを改めました」

　茉莉花は、応接室に飾ってある壺や皿を見る。

「ここに置かれているものは、どれも珍しく、価値のあるものです。けれども、最高級品というわけではない。貴方の珍しいもの好きという設定を守るために集めた……そんな印象を受けます」

　壺だけ集めるとか、筆だけ集めるとか、楽器だけを集めるとか、そこにシヴァンの趣味が反映されていたのなら気にしなかっただろう。

（つくった設定をなじませることは、とても大変だもの）

茉莉花は叉羅国生まれのジャスミンという設定をつくったけれど、毎日のように小さな修正を加えていた。別のなにかになりきるのは難しいのだ。

「三つの違和感から、貴方がなにかを隠していることは、簡単に想像できます」

頻繁に出入りする異国の商人から、つくった設定に合うものを買っている。

その裏になにかがあるはずだ。

「商人は物だけを売っているわけではありません。一流の商人は信頼も売るし、情報も売ります」

シヴァンは珍しい物を買うように見せかけて、裏で別のものを買っている。

おそらく、シヴァンが買っていたものは『情報』だ。

「隣国についての情報を、貴方は個人的に集めている。そう、特に軍の動きを」

軍隊を動かすとき、食料や薬、馬や荷物を運ぶ驢馬が必要になる。

勿論、国はそれらを備蓄しているが、戦えば備蓄はなくなっていく。そのため、戦争が始まる前に、商人にどのぐらい確保できるかを尋ね、準備させておくのだ。

物資の確保は、誰にも知られないように水面下で行われる。しかし、商売敵の儲け話に気づく商人もいる。彼らは手に入れた情報を売り、別の形で儲けようとするのだ。

（自国に信頼を売らない商人は、周辺国に軍の動きという情報を売る）

シヴァンは、誰よりも早く周辺国の軍事情報を得ようとしている。国外の商人との密接な繋がりを、珍しいものが好きという設定で隠しているのだ。

「国の防衛のために隣国の動きを把握するのは、当然のことだ。隠す気などない」

シヴァンは堂々と胸を張って言い切ったが、話はまだ終わっていない。

この屋敷の倉庫で見たもの――……それこそが『隠そうとしているもの』だ。

「わたしは種のとき、骨董品置き場の部屋で、骨董品を磨くという仕事を与えられました。……あそこに置かれているものには、破格の値段がつくでしょう。ただし、宝石がはまっていたらの話ですが」

宝石がなければ、価値が一気に落ちてしまう。古くてものはいいけれど……という評価になってしまうはずだ。

「古いものが多かったので、財政難のときに宝石を売ったのかもしれないと最初は思いました。けれどもよく見たら、最新の技術で印刷された素晴らしい装丁の書物も、骨董品の中に混ざっていたんです。その書物の飾りとしてついていた宝石も、なぜかなくなっていました」

かすれのない細い文字は、どれも同じ形をしていた。これは明らかに文字を印刷したもので、しかも高い技術がなければこのようにはならない。おまけに、どの頁を見ても一定の濃さだった。とても質のいい書物である。

「古いものもよく見てみたら、最近になって宝石を取り外したことがわかりました。錆びた方が違うんです。かなり前に外されたのなら、宝石がはまっていた部分も他と同じように錆びていくし、劣化していくはずです」

白楼国の宝剣の鞘らしきものを磨いているときに気づいた。

宝剣の鞘かもしれないという疑いをもってしまったから、本物かどうかを確認したくて熱心に観察していたのだ。

「う～ん、アクヒット家が金に困っているという話を、俺は聞いたことがないぞ」

どういうことだ？　とラーナシュは首をかしげる。

「商人に宝石をこっそり売っているのであれば、商人は護衛をつけた状態で宝石を運ぶはずです。しかし、この屋敷に出入りする異国の商人は、大勢の護衛をつけていないんです」

──身元を偽っている商人。そこから密やかに買っている情報。そして、最近なくなった骨董品の宝石たち。

そこに、叉羅国が滅びの道に進んでいることに気づけるシヴァンを付け加えると、一つの可能性が生まれる。

「シヴァン司祭、貴方は国外逃亡の準備をしているのではありませんか？」

叉羅国の危機を感じ取っているシヴァンが、なにもしないはずがない。

最悪の事態……叉羅国がなくなるという未来を予想したのであれば、いざというときに向けて今から備えるだろう。

銀貨を大量に保管していても、叉羅国がなくなれば混ぜものを入れた銀だ。土地も建物も、時と場合によっては捨てて逃げなければならない。私のものだとシヴァンが主張しても、叉羅国がなくなれば取り返すことは不可能だ。

「国外に拠点をつくり、そこに高価なものを運びこむ。骨董品のままもっていくとかさばるし、眼につきやすくなるので、宝石を外して宝石だけをもっていくことにした。――違いますか？」

茉莉花の心臓がどくどくと鳴っている。

「違いますか？」と言いきってしまったが、小さな違和感の積み重ねから、勝手にこうではないかと予想しただけの話だ。

妄想だと笑われ、はっきりとした証拠を求められたら、それで終わってしまう。

（でも、シヴァン司祭なら国が滅んだときのことを考えて、絶対にきちんと準備をしておくと思う……！）

シヴァンなら、家を守るために家ごと外へ連れて行くという選択肢も絶対に用意している。

(あとは真実を明らかにされたことにシヴァン司祭が動揺してくれたら……!)

しかし、シヴァンは平然としていた。揺さぶりの材料は足りなかったようだ。

あと一つなにかあれば……と茉莉花の手のひらに汗がじわりとにじんだとき、ラーナシュがくちを開いた。

「ああ、なるほど、そうだったのか。だからジャスミンは俺にアクヒット家の別荘の動きを調べろと言ったのだな」

ようやくあの言葉の意味を理解した、とラーナシュがさらりと言った瞬間、シヴァンが顔色を変えた。

「……なんだと!?」

「アクヒット家が資産を少しずつ移動させている証拠なら、もう掴んでいる。なんでジャスミンにこんなことを頼まれたのか、そのときはわからなかったが……」

まさかこんなことをしていたなんて、とラーナシュはため息をつく。

茉莉花はその横で、冷静な表情を必死に保った。

(ラーナシュさん、すごい! とっさにこんな嘘をつくなんて!)

茉莉花は、ラーナシュにそんなことを頼んだ覚えはない。

頼めるような二人きりの時間を、シヴァンはつくらせないようにしていたのだ。

（一人ではシヴァン司祭を追い詰めることはできなかったけれど、ラーナシュさんが手伝ってくれたおかげで、もしかしたら……！）

ラーナシュは珀陽並みに嘘をつくことが上手だ。誰だって彼の発言を信じたくなる。

「シヴァン、これは国王陛下を裏切る行為だぞ。アクヒット家だけでこっそり逃げようとするなんて、司祭としてあるまじきことだ。カーンワール家も将軍たちも、このことを許すはずがない」

ありもしない証拠によって、シヴァンは言葉を失う。

「シヴァン司祭、国外逃亡の準備をする前に、できることがあるはずです」

個人と個人は手を取り合えるはずという説得では駄目だった。

だから次は――……。

「私を、脅迫するというのか!?」

茉莉花は、手ににじむ汗をシヴァンから隠すために、ぎゅっと拳をつくる。

「はい！　これは脅迫です……！」

誰かを脅すなんて恐ろしい。

途中からずっと足下がふわふわしていて、呼吸がときどきおかしくて、シヴァンから眼をそらしたくてたまらなかった。

（でも、これはわたしにしかできないことだから……！）

シヴァンはアクヒット家を守るために、二重王朝問題だけでも解決したいはずだ。

そのためなら、憎しみをぶつけられる覚悟も、悲しみを乗り越える覚悟もきっとある。

（部外者のわたしが、無責任に二人の背中を押さなくてどうするの⁉）

脅迫されたという理由があれば、シヴァンはきっと動ける。

大人というのは面倒だ。「やりたい」だけでラーナシュが動けてしまうのを、呆れつつも憧れることしかできない。

「できる範囲でいい。シヴァン、俺と手を組め」

表では、アクヒット家のことだけを考える司祭と、ヴァルマ家のことだけを考える司祭という関係を維持する。

裏では、早々に二重王朝問題を解決するという目的のために協力する。

「……っ、くそ！」

司祭らしくない罵倒の言葉を吐き捨てたあと、シヴァンは椅子に座った。

それは了解の意味だと、ラーナシュにも茉莉花にもわかった。

「マツリカ、あとでアクヒット家の悪事の証拠を手に入れておかないとな」

「これで実は証拠がなかったと知られたら、わたしたちはあとでシヴァン司祭に殺されますね……」

　二人でひっそりと解決すべき問題を確認し合う。

　シヴァンの秘密を知っているという設定を、急いで本物にしよう。

「それで、どうするつもりだ？　カーンワール家を徹底的（てっていてき）に叩（たた）くのか？」

　シヴァンはいらいらしながらも、今後についての前向きな話し合いを自（みずか）ら始めてくれた。

「いや、それでは駄目だ。元王妃（マリミト）がカーンワール家を支援（しえん）する」

　ラーナシュは迷わず首を横に振った。

　実質、二対二になって、国が真っ二つに割れることは避けたい。

「そもそも、協力体制をとるのもかなり難しい。血が流れすぎた。それすらも納得できない者の方が多い」

　ラーナシュの嘆（なげ）きに、シヴァンも同意した。

「私たちは『どうして』と問われたら、司祭としてどう答えるべきなのだろうな。今まで復讐を我慢してきた者たちに、また我慢しろと？」

　悲しみや怒りや憎しみが行き場を失えば、それは身近な裏切り者に向けられる。

　シヴァンとラーナシュが殺されることだってあるだろう。

「おそらく、光の神子（みこ）のときもそうだったのではないでしょうか。みんなを納得させるために、光の神子と王の証（コ・イ・ヌール）が必要だったのです」

茉莉花は、歴史書に出てくる光の神子が気になっていた。

光の神子が光の山から下りてきたのも、手にコ・イ・ヌールをもっていたのも、おそらくは当時の混乱を収めるために用意されたものだ。

「わたしたちは、三司の憎しみの絡まりをほどくことはできません。互いを許さずに憎んだまま、二重王朝問題だけを解消することで精いっぱいだと思います」

二重王朝問題を利用している三司の争いは、二重王朝状態が解消されたら一時的に落ち着く。内乱で疲れている民を休ませることができる。そして、周辺国による侵略戦争の可能性も低くなる。ラーナシュは『珀陽を叉羅国の王にする』という無茶なことを諦めてくれる。

(あとは……ゆっくり、時間をかけて憎しみを薄めていくしかない)

時間という薬が効果を発揮できるように、茉莉花はやれるだけやるしかないのだ。

「光の神子は、王の証となる大きな金剛石を王に献上しただけです。『国王はこの人だ』と言って皆を説得したわけではありません。ならばわたしたちも同じことを……」

茉莉花が具体的な方法を説明しようとしたとき、扉が激しく叩かれた。

「司祭さま！　大変です！　先ほどタッリム国王陛下の使いがカーンワール家の兵と共にいらっしゃって、本邸内で司祭さまを捜し回っております！」

チャナタリの叫び声を聞いたシヴァンは、勢いよく立ち上がる。

「なんだと!?　どういうことだ!?」

「アクヒット家の司祭は異国にサーラ国を売ろうとしていて、その証拠もあると……！」

ラーナシュは口笛を吹いた。

ちょうどその話を、ついさっきシヴァンとしたばかりだ。

「まずいな」

ラーナシュが呟く。茉莉花も息を呑んだ。

シヴァンの隠し事を、きっとカーンワール家にも知られてしまった。

「ジャスミンが十日で暴いたことだ。もっと前にこの屋敷へ入りこんだ間諜ならば、俺たち以上の証拠を摑めているだろう」

家という強固な絆をもつ集団の中に、間諜を送りこむ。

とても難しいことだが、成功したら得るものが大きい。

「アクヒット家の司祭殿はどこだ？」

「おやめください、乱暴は……！」

遠くから揉める声が聞こえた。シヴァンは舌打ちをしたあと、応接室から出て行く。

「シヴァン！　駄目だ、逃げろ！」

ラーナシュが叫べば、シヴァンは振り返った。

「アクヒット家を血の海にするわけにはいかない」

　シヴァンが逃げようとしたら、戦いになる。アクヒット家の人間は勇敢に戦うだろう。でもそれだけだ。

「チャナタリ、あとを頼む」

　シヴァンの愛人のまとめ役となっているチャナタリは、やはりシヴァンの部下のような存在でもあったのだ。

　チャナタリはこわばった表情のまま、シヴァンの指示に頷いた。

「私はここだ。私の使用人に乱暴なことはしないでもらいたい」

　シヴァンが自ら王の使者に声をかければ、すぐにカーンワール家の兵士がシヴァンを取り囲む。

　王の使者とシヴァンが揉め始めるのと同時に、茉莉花はラーナシュに肩を叩かれた。

「荷物をもってこい。ヴァルマ家に向かうぞ」

　茉莉花は無言で頷き、少ない荷物を抱えて戻ってくる。

　そのころにはラーナシュも揉め事に加わっていて、茉莉花は慌てて柱の陰に隠れた。

「俺も同じ話をしようと思ってアクヒット家に出向いたのだが、一足遅かったようだな」

　ラーナシュは、肩をすくめて『残念だ』という表情を王の使者に見せる。

　シヴァンと共犯関係にあったのではないかという疑惑をもたれないように、演技をしているのだ。

「アクヒット家の司祭殿、国王陛下の前で、サーラ国を売ろうとしたことについての説明をしてもらいます」

シヴァンは「身に覚えがない」と言い続けていたが、ついに強制的に連れて行かれた。

ラーナシュはそれを見送ったあと、茉莉花の手を引いてアクヒット家を出る。

少し離れたところまで歩き、停まっていた馬車に乗りこんだ。

「マレム、屋敷に戻る。つけられないように気をつけろ」

ラーナシュの指示に、マレムは頷いた。

がたんと揺れたあと、茉莉花たちを乗せた馬車はゆっくり進み出す。

「一足遅かったな」

せっかくシヴァンとの協力関係が成立しそうだったのに、そのシヴァンが捕らえられてしまった。

シヴァンが罪に問われ、アクヒット家の誰かが新しい司祭になったら、ラーナシュはまた最初からやり直さなければならない。

「マツリカ、お前をヴァルマ家に置いたら、俺は王宮に行ってくる。シヴァンと話せるのであれば、他の者を犠牲にして助かる方法もあると説得してみる」

「『自分はなにも知らなかった。家人が勝手にやったことだ』という言い訳を、シヴァン司祭がなさるとは思えませんが……」

「その通りだ。シヴァンならしない」

家を大事にするシヴァンが、家族に罪をなすりつけるはずがない。

ラーナシュがシヴァンの立場であっても、同じだろう。

(わたしは、どうしたらいいんだろう)

茉莉花は白楼国の文官だ。今回、叉羅国の問題に関わってシヴァンを脅迫したのは、ラーナシュの得になることで最終的には茉莉花の得に——……白楼国の得になると判断できたからである。

しかし、シヴァンは罪を犯した。その罪をこれから償うことになる。司祭という職に戻ることはない。

状況は変わってしまった。ラーナシュやシヴァンに恩を売りたいのであれば、窮地に立たされているシヴァンを助ける必要がある。

(でも、シヴァン司祭のしたことは、この国では犯罪だわ。資産を他の国に移すなんて、国を裏切る予定があると言っているようなものだもの)

叉羅国の法律に、資産を他の国に移してはならないというものはないけれど、国益に反することをしてはならないというものならある。

今回はそちらの条文を適用し、シヴァンを罪に問うつもりだろう。

(シヴァン司祭を助けることは、犯罪者を庇うことと同じ。白楼国の文官であるわたしが、

上司の許可もなくそんなことはできない）

　基本的に、内政干渉は絶対にしてはならない。赤奏国では常に国政へ関わることになったが、あれは珀陽と暁月の許可があるという例外中の例外だった。

（わたしには無理だ。なにかあったときに、自分だけでは責任が取れない……！）

　助けを求めるように荷物をぎゅっと抱きしめる。

　珀陽や子星に意見を求めたいけれど、時間がかかりすぎる。そのころにはもうシヴァンを助けられない。

「さぁ、着いたぞ」

　これからすべきことを考えていたら、いつの間にかヴァルマ家の屋敷に着いていた。

　ラーナシュの手を借りて馬車を降り、家の中に入る。

「マレム、マツリカのことを頼んだぞ。俺は今から一人で王宮に行ってくる」

「いけません。腕がたしかな護衛をつけてください」

　ラーナシュはそう言うなと笑う。

「なにかあったときに流れる血は、少ない方がいい」

　王宮に行くときでさえ、覚悟が必要な状況だ。

　それでもラーナシュは一人で行くことにした。それだけ家を大事にしているのだ。

（……ラーナシュさんはいつもそう。この間もたった一人で白楼国の皇帝陛下の前に立ち、

叉羅国の王になってほしいというとんでもない望みを言った)

難しいことでも、不可能なことでも、ラーナシュは願いを叶えるためなら恐ろしいところにも飛びこんでしまう。

ただひたすら心が強い人だ。自分とは違う種類の人間である。

(わたしは、言われたことをするだけで精いっぱい……。でも、ラーナシュさんを『自分とは違う』という言葉で追い詰めたくはないし、自分をそうやって庇いたくもない)

あなたとわたしは違うという言葉はとても便利だけれど、安心するために使う言葉ではないはずだ。

「マツリカ、またあとでな」

ラーナシュが振り返り、別れの言葉を告げた。

ここで自分が引き留めなければ、ラーナシュはまた一人で無茶なことをする。

(……わたしは、どうして踏み出せないんだろう)

床を蹴って手を伸ばせば、ラーナシュの腕を摑むことができる。

けれど足も手も動いてくれない。

(自分には能力も立場もないから、と言い訳できる期間は終わった。わたしは、多くの可能性から自分の意志で未来を選べるようになってきている)

珀陽から禁色の小物をもつ官吏としての権限を認められたことで、常に分かれ道の前に立てるようになった。

（できることが増えれば、今度は正しい道を選べたのかどうかで、また不安になる）

正解のない問題も出てくる。正解があったとしても、正解が判明するのは数十年後の場合もある。

出世すればするほど、茉莉花の可能性と不安は大きくなっていくのだ。

（わたしの世界はこんなに広くなった。……だったら、陛下の眼の前に広がっている世界は、きっともっと果てしなくて大きくて深い）

そんなところに珀陽は立っている。不安を押し殺しながら、皇帝として白楼国を間違った道へ導かないように、どんなときも戦っている。

それなのに珀陽は押し潰されずに強く生きている。

（珀陽さまから離れたことで、初めてわかることもあったみたい）

近くにいればいるほど理解できるようになるわけではない。

ラーナシュが外の国に出ることで『叉羅国』を認識できたことと同じだ。

（わたし、また少しだけ珀陽さまを理解できた。……なら、もっと、もっと貴方（あなた）を理解したい）

ほしい未来を手にするために、どうか一歩進む勇気を。

——まずは声を出せ！

「ラーナシュさん！　待ってください！」

息を吸って腹に力を入れて、喉を意識しながら息を吐き出せば『音』になる。

ようやく出てくれた声は、ラーナシュの耳にきちんと届いてくれた。

「マツリカ？」

ラーナシュが身体の向きを変える。

茉莉花はどきどきする胸を手で押さえながら、息を吸って吐いた。

「……あの、わたし……、どうしたら……」

声が小さくなってしまった。深呼吸をして、もう一度胸の中に空気を送る。

「どうしたら、貴方みたいになれますか⁉」

ラーナシュの反応が怖くて、茉莉花は先に言いきってしまおうと必死になった。

「異国の皇帝陛下の元へたった一人で交渉しに行ける貴方のような人に、わたしもなりたいんです！」

ラーナシュの行動を自分に置き換えるとしたら、茉莉花が叉羅国の国王に面会を申し入れ、一人でシヴァンを救うための交渉に挑むようなものだ。

それは誰かに指示されての行動ではなく、許可をもらっての行動でもなく、自分で決めて自分で動いたものだ。

どうしたらそんなことができるのかという茉莉花の問いに、ラーナシュは真っ正面から向き合ってくれた。

「ふむ……。うん、よしよし、これは司祭として迷う者を教誨せねばな」

任せておけ、とラーナシュは自分の胸を拳で叩く。

以前、ラーナシュは茉莉花に「もっと幸せになれ」という言葉を与えてくれた。

もっと幸せならもっと人に優しくできるというラーナシュの話は、茉莉花の背中を今も押している。

「……そうだな。これにしよう。サーラ国には『三司の奴は詩をうたう』という言葉がある。司祭の家で働く子どもは、教えられなくても聖典を暗唱できるようになるんだ。子どもたちは、毎日聖典を読み上げている司祭の声を、働きながらずっと聞くことができるからな」

茉莉花は少し前、マレムにこの言葉を教えてもらった。

そのときはなるほどと頷くだけだったのだが、今回はどうだろうか。

「この言葉の意味は、『裕福な家で働ける者は幸せだ』になるのだが、実はそれだけではない。『人には学ぶ力がある』という話でもある」

「学ぶ力……ですか？」

一つ目の意味は知っていたが、二つ目の意味は知らなかった。

茉莉花が瞬(まばた)きをすると、ラーナシュはよしよしと頷く。

「人間は、繰り返し聞いたことを自然に覚えてしまう。これは生まれたときに神から贈られた素晴らしい力なんだ」

叉羅国では、生まれたときにもっている能力を『神からの贈りもの』と呼んでいる。

眼が見えること、声が出ること、手足が動くこと……それらは生まれたときに当たり前にもっているものではなく、生まれたときに神から贈られるものなのだ。

もし眼が見えない子として生まれても、あって当然のものが欠けているという感覚にはならないらしい。

「マツリカは、ダナシュと駆け落ちしたヤビドラのことを覚えているか？」

ラーナシュの話が急に変わった。茉莉花は置いていかれないように慌てて返事をする。

「ヴァルマ家の使用人筆頭(ひっとう)の息子さんですよね？」

「そうだ。ヤビドラは聖典を暗唱できる。それだけではなく、ヴァルマ家史の編纂(へんさん)作業を手伝うことで歴史にも詳しくなった。学ぶ力を神に贈られていたから、白楼国の皇帝殿の前で『ヴァルマ家の司祭のふり』ができたのだ」

別のところへ飛んだと思っていた話が、再び『三司の奴は詩をうたう』に戻ってきた。

「学ぶ力というものはすごい。家来でも司祭になれる。そういうものなのだ」

ラーナシュは、ヤビドラのしたことを一度も怒らなかった。

それは、学ぶ力があれば誰でも司祭になれるものなのだと、広い心で受けとめていたからなのだろう。

「アクヒット家でお前に『どうしてアクヒット家とカーンワール家を許せるのか』と問われたとき、俺はお前が白楼国の文官に見えなかった。この国で生まれ育った『ジャスミン』という少女に見えたんだ」

あの言葉はぐさっと刺さったぞと、ラーナシュは人差し指を胸に当てる。

「俺は外の国に出て、外の国で学んだあと、サーラ国に帰った。それで国を守りたいという気持ちをようやく知った。けれど、白楼国で生まれ育ったお前は、そんなことをしなくても国を守りたいという気持ちが心の中にもうある」

茉莉花の心の中に存在している当たり前すぎる気持ちは、白楼国で生まれ育てばほとんどの人が自然と手にするものだ。

「そして俺がこの国で生まれ育つことで自然に身につけた『家を大事にする』という感覚を、お前は学ぶ力を使って最近手に入れたはずだ」

ラーナシュの言う通り、茉莉花はアクヒット家の使用人たちから、育ち方や感情の生み出し方を学んだ。

茉莉花は今、ラーナシュを前よりもずっと理解できるようになっている。

「俺を理解するために必要なものは、実はもう一つある。特別に教えてやろう」

感謝するといい、とラーナシュは胸を張った。

茉莉花は、一言も聞き逃すものかとラーナシュのくちの動きに意識を集中させる。

「──俺にしかできないことをするのは、とても格好いい」

ラーナシュは真剣な顔で、よくわからないことを重々しく告げた。

茉莉花は言葉の意味が上手に呑みこめず、首をかしげてしまう。

「それは、格好いいのですか？」

どう言えばいいのかわからずに困った顔をしている茉莉花に、ラーナシュはそうだと拳を握った。

「俺にしかできないことがあるんだぞ。それだけでも格好いいのに、実行できたらさらに格好いいではないか！　だから俺は無理だと止められてもやれるんだ」

おそらくこれは「貴方だけが頼りだ」と言われたときに誇らしく感じる感覚に近いのだろう、と茉莉花は分析した。それなら理解できそうだ。

「きっと白楼国の皇帝殿も同じだぞ。白楼国の皇帝にふさわしいのは自分だけだとわかっていて、誰よりも完璧な皇帝でいられる自分を格好いいと思っている。だからどんなに大変でもがんばれる」

わかるぞ、その気持ち！　とラーナシュは遠く離れた地にいる珀陽をねぎらった。

「これで俺を理解するための三つの大事なものがお前にも備わった。俺を本当の意味で理解できるのは、シヴァンでも、白楼国の皇帝殿でもない。マツリカだけだ！」

ラーナシュは茉莉花の肩を摑む。

なんでもこの手で摑んでやるという自信に満ちあふれた手だった。

「俺を理解できたのなら、お前は俺になれる。もっと自信をもて！」

「自信……」

「そうだ。お前は王宮に一人で乗り込み、シヴァンを助けようとすることがもうできる。そうしたかったんだろう？」

ラーナシュの澄んだ瞳が、茉莉花の心を見透かす。

（わたしは、シヴァン司祭を助けたい。あの方は、見返りなしでわたしを助けてくれた優しい人だ）

そのあと、シヴァンは茉莉花に利用価値があると判断したけれど、茉莉花を攫おうとした盗賊を追い払ったそのときは、人としてただ当たり前のことをしてくれた。

——助けられたから、助けたい。

まだシヴァンはこの国を裏切っていない。裏切るつもりだっただけだ。

二重王朝問題だけでも解決できたら、国が多少は落ち着く。

国が落ち着けば、周辺国は叉羅国との戦争をためらう。

叉羅国が叉羅国であり続ける限り、シヴァンはこの国を裏切ることはない。ラーナシュと協力して、憎しみが続かないように手を尽くしてくれる。

『してはいけないこと』を『してもいいこと』にするため、茉莉花は言い訳をつくった。

——シヴァンのために、自分のために、白楼国のためにやれることがあるのなら、自分で考えて自分で決断し、一人でもやり遂げたい。

「ん？　あまり参考にならなかったか？　まぁ、俺は司祭としての出来はあまりよくないからな。このぐらいの教誨しかしてやれん。父や兄たちならもっといい話をしてやれただろうが……」

黙りこんだ茉莉花を見て、ラーナシュは申し訳なさそうな顔をする。

茉莉花は逆だと首を慌てて振った。

「ラーナシュさん！　いえ、ラーナシュ司祭！　素敵なお話をありがとうございました！」

頭を下げ、心をこめて礼を言う。

まだ怖いけれど、きっとできるはずだと、心が熱くなっていた。

——わたしでも、貴方のような人になれるかもしれない。

すぐ傍に見本がある。だから大丈夫だ。

手や言葉が震えて、堂々としていられなくて、本物のように格好よくというわけにはいかないだろうけれど、今回はなりきることが目的ではないから、それでもいい。

ひたすらあがくことが、本物への第一歩だ。

「それはよかった。……で、行くか？」

「行きます。わたしにしかできないことがあるんです」

シヴァンを助けるための作戦も勝算も、少しだけならある。

最強の手札を出して嘘をつき通せば本当のことになるかもしれない。

「必要なものがあるので、準備をお願いしてもいいですか？」

「ああ、任せろ！」

茉莉花は部屋を用意してもらい、紙と筆を卓に置く。

これから先のことを恐れた手が、上手く動いてくれなかった。何度も握ったり開いたりして、丁寧な字が書けるようにしておく。

「珀陽さまは、きっといつもこんな想いをしている」

——帰国したら、真っ先に珀陽へ逢いに行きたい。

また少しだけ変わった自分を、一番最初に見てほしいのだ。

宿を襲撃されたとき、念のためにもってきていた茉莉花の荷物はすべて焼けた。

本当に必要なものだけしかもち出せなかったので、ラーナシュにはまず白楼国風の衣装を用意してもらう。

それから紫水晶の髪飾りも借りることにした。珀陽から与えられた禁色を使った歩揺は、万が一があってはいけないからと置いてきているのだ。

ラーナシュから借りたものは本物ではないけれど、気持ちの問題である。

「ずっとジャスミンだったから、設定を元に戻すためにも形から入らないと」

頭の中に広げているのは白い紙だ。

ジャスミンのために用意した薄藍色の紙は、丁寧に折りたたんでしまっておく。

「マツリカ！　チャナタリから借りてきたぞ！」

ラーナシュは手にもった手紙の束を卓に置く。

茉莉花はそれを広げて、シヴァン本人が書いたシヴァンの名前のある手紙をいくつか並べていった。

「あとは練習をして……」

見本を見ながら、最高級品の紙に筆を滑らせていく。

しかし、茉莉花の字はあまりにもふらふらとしていて、本物に似てくれなかった。

（叉羅語を読めるし話せるけれど、文字はほとんど練習していなかったから……！）

書くときのこつというものが、まったく備わっていない。

文字を書くことも練習しておけばよかった……！　と今さら嘆いていると、ラーナシュがどれどれと茉莉花の筆を奪った。

「うん、こんなものか」

何度か練習したラーナシュは、見本通りの文字をさらりと書く。

ラーナシュが普段書く字は、とても勢いがあって力強さも感じるという、まさに『ラーナシュの字』だ。しかし、見本を見て書いたものはとても美しくて繊細で、完全に『シヴァンの字』になっていた。

「え？　ええっ!?　ラーナシュさん、見本通りに書くのがとてもお上手ですね……！」

「外の国では、身元を保証する書状が必要になるからな。いちいち国に帰るのも面倒だから、出先で父の文字や兄の文字を真似してすませることもあったぞ」

「……あの、それは犯罪では？」

聞かなかったことにしよう、と茉莉花は決めた。

こちらもラーナシュの文書偽造について追及できる立場ではない。

「これとこれ、それからここにも書いてください」

「承知した」

ラーナシュが書いている間に、茉莉花は誤字脱字がないかを確認する。

「準備できました」

書きたての美しい書類になってはいけないと、茉莉花はわざと力を入れて撫でたり、折り目をつけたりして、少し前につくられた書類らしくなるように仕上げた。

「慣れているな。こういうのも文官の仕事のうちなのか？」

感心したように呟かれたラーナシュの言葉を、茉莉花は慌てて否定する。

「い、いえ……同僚の失敗を庇うのが得意だったので……」

——どうしよう、茉莉花。大事な書類に水を零して文字がにじんだわ。

——残しておかないといけなかったお品書きを捨ててしまったの。どうにかならない？

茉莉花は同僚から相談されるたびに、「大丈夫、内容も折り目も覚えているわ。なんとかしてみるわね」と言って期待に応えたのだ。

後宮にいたころの経験が今になってこんな形で生かされるなんて……と苦笑してしまう。

「これで大丈夫です。行きましょう」

茉莉花は手に書類をもち、ヴァルマ家の馬車へラーナシュと共に乗りこむ。

緊張しすぎて、窓から景色を楽しむ余裕もない。

これからやるべきことを、頭の中でひたすら繰り返すしかなかった。

「さあ、着いたぞ。失敗しても問題ない。俺がお前を担いで逃げるからな！」

無策ではないぞとラーナシュが励ましてくれるけれど、『担いで逃げる』を策と言えるかどうかは怪しい。

しかし、ラーナシュの言葉は、茉莉花の気持ちを楽にしてくれた。

（ここが王宮……！　アクヒット家からも見えていた、四角い建物の上に丸い尖塔がある建物。すごい、どの壁にも模様が描かれている！）

石材の模様がどれも違うことから、金だけではなく手間もかけたものだとわかる。

（王宮内には乾いた風が吹いている。太陽と煉瓦と緑……これが叉羅国の匂いなのね）

未知のものばかりに囲まれて、茉莉花の興奮が高まっていく。

馬車を降りたあと、ただひたすらまっすぐ歩いていくラーナシュについていくと、四つの階段を登りきった先にひときわ大きな扉があった。

「ラーナシュ・ヴァルマ・アルディティナ・ノルカウスだ。国王陛下に拝謁を請う」

たったそれだけの言葉で、衛兵は扉を開く。

ラーナシュは、国王に次ぐ地位である司祭だ。今さらではあるが、茉莉花にとっては、ひたすら頭を下げておかなければならない相手である。

「マツリカ、覚悟はいいか？」

この扉をくぐれば、茉莉花は戦うしかない。

「……はい！」

茉莉花は扉の先に向かいながら、何度も使ったあの設定を呼び出した。

（わたしは、白楼国の若き優秀な文官の『晧茉莉花』。出世のためなら、怖いものなんてない……！）

白楼国の官服に似た華やかな衣装を身にまとい、紫水晶の歩揺を髪に飾る。

見た目、姿勢、歩き方、視線の高さ――……そういったものを、有能な文官という設定に合わせていく。

（絶対にうつむかない。前だけを見る）

ラーナシュのうしろから、茉莉花は玉座を眺めた。

宝石が埋めこまれた黄金の玉座に座っている人が、現国王のタッリムだ。タッリムの周囲には、大臣や高官らしき人もいる。

「国王陛下、御前失礼します。シヴァン・アクヒット・チャダディーバへの審問が行われていると聞き、急ぎ参りました。その件について、陛下にお話ししたいことがあります」

ラーナシュは、どうしてここにきたのかを、まずはタッリムに説明する。そのあと、床に膝をついているシヴァンをちらりと見た。

シヴァンに手枷や足枷はついていなかったが、四人の兵士から剣や槍を向けられている。罪人として裁かれるのは間違いないという状況だった。

「……ラーナシュ、なぜここにきた」

シヴァンはうなり声を放った。

しかし、ラーナシュは気にすることなく話を続けた。

「国王陛下、シヴァン司祭が異国と通じていたという疑惑についてですが、詳しい事情を知っていると思われる女性がいます」

「詳しい事情？」

「はい。シヴァン司祭がアクヒット家の資産を国外に移していた理由を、彼女は説明できるそうです」

ラーナシュは一歩横にずれる。

茉莉花はタッリムの視線をついに真正面から受け止めることになった。

緊張のあまり、タッリムの顔の輪郭がぼやけている。それでも堂々としている文官の演技を必死に続けた。

「白楼国の文官、晧茉莉花と申します。叉羅国の国王陛下にお目にかかれて光栄です」

跪いたあと、左手の拳を右手で包んでゆっくりお辞儀をするという、白楼国の最敬礼を見せる。

「白楼国の文官だと？　まさかシヴァンは白楼国にも資産を移そうとしていたのか？」

タッリムの困惑した声を聞きながら、茉莉花はシヴァンに視線を向けた。

「……!?」

シヴァンの顔が「貴様は白楼国のどぶねずみだったのか!?」と叫んでいる。

しかし、ここでシヴァンに言い訳をするわけにはいかないので、またあとでという意味をこめて軽く頷いてみたのだが、多分通じなかっただろう。

「タッリム国王陛下、白楼国も金剛石の鉱山をいくつか所有しております。大きな粒を含む鉱床ではありませんが、これから我が国でも金剛石の需要が高まることを見越し、発掘作業に取り組んでいる最中です」

口調は穏やかで柔らかく、すんなり耳へ入っていく語りになるようにする。

「しかし、発掘後の金剛石の加工は、異国の職人にほとんどを任せてしまっています。これからのことを考え、発掘から販売までを国内で行えるようにすることが、我が国の課題となっていました」

ここまでは本当の話だ。

そして、次からはすべてつくり話になるけれど、本当のように語らなければならない。

「腕のいい金剛石の加工職人といえば、まず叉羅国が思いつきます。それでわたしは異国にも足を運んでいる商人に声をかけ、アクヒット家やヴァルマ家を紹介してもらいました」

茉莉花の言葉に、ラーナシュが頷く。

ちなみにシヴァンはというと、「紹介なんてされていない！」と眼で訴えてきた。

「この二家を紹介してもらったのは、アクヒット家のシヴァン司祭は珍しいものを好む方で、ヴァルマ家のラーナシュ司祭は異国で学ばれたこともある方で、このお二人なら異国人でも交渉できる可能性があると勧められたからです」

茉莉花は、シヴァンの設定を勝手に利用する。異国のものを完全に排除する司祭という設定にされていたら困ってしまったので、珍しいものが好きな人で本当によかった。

「まずシヴァン司祭がわたしの話に興味をもってくださいました。アクヒット家が所有している金剛石の鉱山を見学させてくださったり、親しくしている加工職人を紹介してくださったりしたのです」

一応、アクヒット家が金剛石の鉱山をもっていることは、ラーナシュに確認してある。

嘘を信じてもらうためには、できるだけ真実を混ぜこまなければならない。

「白楼国は、本格的に技術協力の話を進めていくことを決定し、シヴァン司祭にタッリム国王陛下へ取り次いでほしいとお願いしました。しかし、それは難しいと言われたのです」

シヴァンが「言っていない！」と言いたそうににらみつけてきた。

「タッリム国王陛下であれば技術協力の話に頷いてくれるかもしれないが、あと一年後に再び国王陛下となられるナガール国王陛下は、技術協力の話を中止してしまうかもしれない。今はアクヒット家との契約にしておいて、きちんとした結果を出すことに専念するのはどうだろうか。そうなれば、どちらの国王陛下も技術協力を継続してくださるだろう……という助言をシヴァン司祭から頂いたのです」

シヴァンは、茉莉花がくちを開くたびに「なんだそれは！」「知らないぞ！」「なにを言っているんだ⁉」と心の眼を円くしていた。

心の中は大変忙しいことになっていても、タッリムからは黙って話を聞いているシヴァンに見えているはずだ。さすがの面の皮の厚さである。

「わたしは、まずアクヒット家と技術協力の契約をすることにしました。優秀な職人を集めることと、アクヒット家にある宝飾品を貸し出しすることの二つをお願いしたのです」

茉莉花は、一度言葉を切る。

すると、ラーナシュが不思議そうな顔で茉莉花に質問してきた。

「なぜ宝飾品を借りる必要があったのだ？」

一方的に茉莉花が喋り続けるだけでは、言い訳のように聞こえてくる。

ラーナシュは茉莉花の話に説得力をもたせるため、『会話』という形でタッリムに事情を聞かせようとしてくれた。

「職人の話だけでは、『美しいもの』が想像しにくいからです。手本となる宝飾品をアクヒット家から借り、我が国の職人に目指すものを見せておくべきだと判断しました」

「なるほど。たしかにアクヒット家は見事な宝飾品を保有している。まあ、ヴァルマ家の宝飾品も負けてはいないがな」

そこでラーナシュはタッリムの方を向き、恭しく頭を下げる。

「ですが、国王陛下が所有なさっている宝剣や錫杖にかなうものは、どこにもございません」

ラーナシュの褒め言葉に、タッリムは満足そうに頷いた。

茉莉花もそれに合わせ、「拝見したいです！」と食らいつく。

「アクヒット家と交わした契約書と、宝飾品の貸し出し物の一覧がこちらです。この書類は、白楼国側で保管しているものなので、アクヒット家にも同じものがあるはずです」

この書類と同じものは、マレムの手によってチャナタリに押しつけられているはずだ。調べられても問題はない。

「どれどれ。……これは随分と貸し出しているな」

ラーナシュは、茉莉花から書類を受け取り、すごいなと呟く。

「だとしたら、技術協力の話をなぜずっと隠していたんだ？　家宝をこれだけもち出せば、誰でも妙な疑いをもつだろうに」

皆が疑問に思うことを、ラーナシュが代表して言ってくれる。

それに茉莉花がすぐ答える。

このやりとりを滑らかに、そして休憩をはさまずに繰り返すことで、「あれ？　おかしくない？」と言わせないようにするのだ。

「アクヒット家の家宝を貸し出す話を知られたら危険です。移動中を狙う盗賊が絶対に現れます。わたしはシヴァン司祭と話し合い、宝飾品の輸送計画をできるだけ隠すことにしました」

叉羅国は、副業としての盗賊が街道にも現れる。

その問題は、おそらく皆が知っているだろう。

「シヴァン司祭は、家の中を探る者がいる気がすると、ずっと情報の流出を心配していらっしゃいました。わたしたちはアクヒット家の家宝を守るため、様々な経路で運搬する計画を立てたのです」

茉莉花の話に、ラーナシュはうんうんと頷く。

「もし国王陛下が国宝を貸し出すようなことになったら、俺はもっと慎重な計画を立てるぞ。複数の経路を用意しただけでは不安だ」

コ・イ・ヌールを婚約者に奪われたラーナシュが、シヴァンの輸送計画では物足りないと言い出した。

（ここにも面の皮が厚い人がいた……！）

茉莉花は、シヴァンとラーナシュの共通点を、ここにきて見つけてしまう。

「わたしとシヴァン司祭は、色々考えて色々な対策をしてから輸送計画を実行していたのですが、たしかに事情を知らない方へ誤解を招くものになっていました。ですが、貸し出しは一年契約となっておりますし、傷一つなくお返しすることをわたしが約束致します。皆さま、どうかご安心ください」

茉莉花は言い訳を最後まで述べたあと、ゆっくり頭を下げる。

シヴァンを断罪しようとしていた空気が変わってきていることを、肌で感じ取れた。

（このままわたしの話を信じてほしい……！）

ラーナシュの協力によって、シヴァンを救うためのつくり話に真実味があったはずだ。

しかし、シヴァンの身の潔白を示す証拠は、ここにある偽造書類だけということが気になっていた。やっぱり嘘なのではないかと疑われたときに、どう答えたらいいだろうか。

「……国王陛下、ラーナシュ司祭殿。白楼国の女性の話をそのまま信じてしまうのはいかがなものかと」

ここにきて、批判的な発言が出てきて、茉莉花の肩が跳ねそうになる。

とっさの反応を理性で押し殺しながら、『アクヒット家との技術協力の契約を本当に結んだ白楼国の文官』はどんな反応をするのかを考えた。

「マツリカ」

ラーナシュが聞き取れるかどうかぐらいの小さな声で、話に割って入ってきた三十歳ぐらいの男の名前を教えてくれる。

「あいつはカーンワール家の当主ジャンティだ」

先ほど、アクヒット家の屋敷へ勝手に入ってきたのは、国王の使者とカーンワール家の私兵たちである。

アクヒット家に間諜を潜り込ませて情報を掴み、シヴァンは裏切り者だとタッリムに密告したのは、おそらくジャンティだ。

茉莉花は、自分の前に立ち塞がっている最大の壁のジャンティを乗り越えるために、足の裏に力をこめた。

「そちらの女性はあまりにも若すぎます。国の一大事業を任されるような文官には見えません。陛下、もう少し慎重に判断なさってはいかがでしょうか」

ジャンティの指摘に、茉莉花もたしかにと同意したくなった。十六歳の茉莉花では、若く見えてしまうだけという言い訳のみでごまかすのは厳しい。

疑わしいと思われて白楼国に確認の使者が向かってしまったら、茉莉花の嘘が白楼国に知られてしまうし、シヴァンも助からない。

(陛下に話を通しておけば嘘を貫き通せるけれど、タッリム国王陛下の使者とわたしの手紙のどちらが早く白楼国に着くのか、という危ない勝負はしたくない)

今すぐここで『白楼国の若き優秀な文官の晧茉莉花』という設定を信じてもらえるよう

な、なにか別の方法はないだろうか。

（禁色の話をする？　きっと白楼国内の情報を集めている人もいるわよね？　皓茉莉花の名前が間諜から伝わっているのなら……いいえ、駄目ね）

白楼国と叉羅国の間には距離がある。まだ禁色の話が伝わっていない可能性もあった。

（もう少し前……江での三カ国会談に参加したという話は？　叉羅国に皓茉莉花の名が残っていたらいいんだけれど、残っていなかったらわたしの話が全て嘘に聞こえてしまう）

白楼国と叉羅国が隣国という関係であれば、互いの国の情報がかなり頻繁にやりとりされ、叉羅国は茉莉花のことを改めて調べる必要はなかっただろう。

しかし、白楼国と叉羅国は遠い。互いをよく知らない。

（嘘をつきやすいけれど、嘘を信じる材料も少ない。……なにか他の材料はないかしら）

茉莉花は、頭の中に新しい大きな紙を用意する。

地図を描き、白楼国と叉羅国の間に道をつくる。

茉莉花がもつ知識だけでは、つくれる道の本数は少なかった。

（隣国だったら……白楼国と赤奏国とか、赤奏国と叉羅国だったら、地図に書ききれないほどの道ができるのに）

茉莉花が嘆きながら隣国同士に道をつくってみたそのとき、白楼国と叉羅国の間の道が一気に増えた。

「あ……」

思わずくちから声が出る。

皆の視線が集まったので、茉莉花は慌ててなんでもありませんという顔を向けたが、頭の中はとても忙しくなっていた。

（叉羅国と白楼国は隣国同士ではないから、アクヒット家の家宝を運ぶときは必ず第三国を経由しなければならない。……そうよ、道は直接繋がなくてもいい）

白楼国の晧茉莉花は信じてもらえなくても、赤奏国の晧茉莉花なら信じてもらえる可能性がある。

「赤奏国について詳しい方はいらっしゃいませんか？　わたしは一時期、赤奏国に出向していたので、わたしの名前や顔を知っている人がこちらにもいるかもしれません」

叉羅国と赤奏国は、隣国という関係にある。互いに間諜を放ち、頻繁に探りを入れているはずだ。

「……ハシク」

タッリムの呼びかけに応えた男性がいた。身分が高そうなハシクと呼ばれた人は、タッリムの命令に従って動き出す。

「赤奏国なら……、……連れてこい」

自分の部下に命令しているハシクの声は小さく、上手く聞き取れない。

茉莉花は祈るような気持ちで、証人となってくれるかもしれない人物を待った。

「失礼します。連れてまいりました」

三人の男が入ってきて、緊張しながらもタッリムに挨拶をし、それからハシクの元へ小走りで向かう。

「お前たち、赤奏国の『コウマツリカ』を知っているか？」

ハシクの問いに、三人の男のうちの一人がすぐに反応した。

「赤奏国のコウマツリカ……って、あ……!! 貴女(あなた)は……!!」

男はハシクの視線を追って茉莉花の顔を見たあと、とても驚く。

茉莉花は、一度でも顔を合わせた人物なら絶対に覚えてしまうのだが、この顔は知らなかった。きっと遠くから一方的に見られていたのだ。

（よかった……！　わたしを知っている人がいるみたい……！）

あとはこの人がどんなことを知っているかだ。茉莉花は緊張しながら男の言葉を待つ。

「お前はこの女性を見たことがあるのか？」

「はい。コウマツリカ殿は、赤奏国で宰相補佐(さいしようほさ)を務めておりました。赤奏国の皇帝陛下と反逆した兄皇子(おうじ)の仲裁役(ちゆうさい)として、白楼国から招かれたそうです」

すると、三人の男のうち他の二人も、「名前と宰相補佐という話は知っている」と言い出した。

「コウマツリカ……？　白楼国周辺では名が知られている文官なのか？」

「今まで聞いたことはなかったが……」

「白楼国は遠いからな」

皆がひそひそと白楼国の噂話を始める。

この場の空気がようやく『信じてもいいかもしれない』にまた変わりつつあった。

「ふむ、しかし、そのような大役を任されるには、少々若すぎないか？」

ハシクと部下の男の話はまだ続いている。

若すぎるのは、元々雑用係としての派遣だったから……と茉莉花がくちをはさもうとしたとき、部下の男はとんでもないことを言い出した。

「実は、コウマツリカ殿は、ああ見えても三十歳を超えているとか……」

とんでもない報告に、この場にいる全員が息を呑む。

ラーナシュとシヴァンが同時に茉莉花を見て、「本当なのか⁉」「詐欺だ！」という表情になった。

それだけではなく、タッリムもハシクも、他の大臣や高官だと思われる人たちも、茉莉花に驚きの視線を送る。

（違う……！　違います！　それは海成さんがついた嘘で……！）

赤奏国の文官の舒海成という青年は、茉莉花の若さでは皆が従わないだろうと心配し、本当は三十歳を超えているという嘘をついてくれた。

そしてその嘘は『真実』となり、叉羅国にも届いたらしい。

（まさかこんなところであの嘘が役立つなんて……！）

この誤解を生み出した海成に、茉莉花は感謝しなければならないのだが、できれば文句も言わせてほしかった。

「なるほど。コウマツリカは、赤奏国に宰相補佐として貸し出されるほどの優秀な文官のようだ。それで叉羅国との交渉を任されたのだな」

タッリムの言葉で、茉莉花の背筋が伸びる。

『白楼国の若き優秀な文官の晧茉莉花』という設定がこの場の皆に信じてもらえたとき、嬉しさよりも恐ろしさを感じた。これから、重たい期待を何度も背負うことになる。自分はどこまで耐えられるだろうか。

「シヴァン、アクヒット家の家宝を貸し出すことへ慎重になるのはいいが、私だけには話を通しておくべきだっただろう。仕事中のコウマツリカを、お前の審問に巻きこんでしまったではないか」

タッリムは、茉莉花とシヴァンの間で交わされた偽りの契約を信じることにしたらしい。

これで『シヴァンは配慮が足りなかった』になる。

「……申し訳ありません、タッリム国王陛下。忙しさのあまり、やるべきことを忘れておりました。以後、気をつけます」

シヴァンは国王から注意をされた。シヴァンはその通りだと謝罪した。

皆は「無駄に騒がせやがって」という表情になっている。カーンワール家のジャンティも不満そうではあったが、もうくちを開く気はなさそうだ。

「コウマツリカ殿、よければヴァルマ家と親しくしている宝石職人も紹介しよう。アクヒット家だけでは物足りないだろう？」

ラーナシュは、茉莉花の嘘に説得力をもたせようとして善意で申し出てくれたのだが、皆からはアクヒット家に張り合っているようにしか見えない。ある意味、『ヴァルマ家の司祭』という設定に忠実な発言だ。

「ラーナシュ、待ちなさい。……サーラ国の芸術の素晴らしさを伝えるのなら、王家の国宝を見せるのが一番だ。国宝や王家の職人を貸し出すことはできないが、そちらの職人をこちらで学ばせることはできる。その期間は、国宝を自由に見学できるようにしよう」

茉莉花は、タッリムの善意で呼吸が止まりかける。

「あ、……っ、ありがとうございます！」

慌てて頭を下げ、喜びと感謝の気持ちを表したが、背中には冷や汗が伝った。

嘘が真になりかけていて、自分では責任の取れない話に発展してしまっている。

「コウマツリカ、せっかくだから王家の夕食会に招きたい。白楼国の話を聞かせてくれ。

今はどこに滞在しているのだ？」

「お誘いありがとうございます。是非よろしくお願い致します。今はアクヒット家の客人として、アクヒット家にお世話になっております」

大ごとになった、大ごとになってしまった。

茉莉花は心の中でシヴァンに「どうしましょうか!?」と何度も問いかける。

（たしかに金剛石の職人の技術向上の話は、工部の文官からちらりと聞いていたけれど……！）

茉莉花が所有する禁色を使った小物である紫水晶の歩揺は、欠けたりひびが入ったらすぐに修復しなければならないので、工部尚書から禁色の小物を管理している責任者を紹介されていた。

そのときに、これからの宝飾品の需要と供給、職人の育成についてのありがたくて長い話を聞かせてもらえ、宝石の加工技術で有名な叉羅国から職人を呼びたいけれど遠すぎて難しい、という悩みも聞かせてもらえた。

タッリムが国王になっている一年間だけかもしれないけれど、技術協力をしてもらえそうだという話は、工部の文官にとても喜ばれるだろう。しかし、絶対に自分だけでは返事できない大きすぎる案件である。

「シヴァン、もう下がってよい。コウマツリカの世話を頼んだぞ」

「承知致しました」

突きつけられていた剣と槍が下ろされたので、シヴァンはゆっくり立ち上がる。そして、優雅に王へ頭を下げてから茉莉花をちらりと見て、「ついてこい！」という殺意のこもったまなざしを向けてくれた。

シヴァンは強引に王宮へ連れていかれたので、解放されたのはいいが、帰りの馬車がない。困っているシヴァンに救いの手を差し出したのはラーナシュで、ヴァルマ家の馬車でシヴァンをアクヒット家まで送っていくことになった。

「よかったな、シヴァン。命拾いできて」

ラーナシュは本当に喜んでいるだけなのだが、シヴァンには煽られているように感じたらしい。

皆の前でかぶっていた『司祭らしい司祭』という設定を捨て、感情のままに叫び出した。

「貴様ら、一体これはどういうことだ⁉　どこまで真実でどこから嘘なんだ⁉」

シヴァンの怒りを浴びながら、ラーナシュはさらりと答える。

「マツリカが白楼国の文官というところだけ真実で、あとは嘘だぞ」

つまり、ほとんどが嘘だ。

危なすぎる橋を無理やり渡らされていたシヴァンは、手がぶるぶると震えた。罵倒の言葉が怒りのあまり上手く出てこないようだ。

「怪しまれない程度に、それらしい書類をあとでもう少し揃えましょう。のちほど、白楼国との間で条件が折り合わず、技術協力の件は白紙になったと皆さんにお伝えください」

茉莉花はまあまあとシヴァンを宥める。

さすがにあの流れなら、タッリムたちは白楼国に「本当に技術協力を頼んだのですか？」という問い合わせをしないだろう。

（それでも急いで手紙を出して、陛下に話だけは通しておかないと！）

万が一があったら大変だし……と思っていたら、シヴァンが「とんでもない！」と叫んだ。

「国王陛下が加わる計画だぞ！　本当にやるぞ！　そしてアクヒット家の資産を合法的に白楼国で預かれ!!」

「え、ええ……!?」

いくらシヴァンが理不尽の塊だからといって、自分の資産を守るために理不尽なことを押しつけないでほしい。茉莉花が困った顔になると、シヴァンが身を乗り出してきた。

「なにが不満だ!?」

「不満というか……わたしにはそのような決定権がなくて……」

もっと上の立場の文官だったら、じゃあ折角だから本当にやろうか、と気軽に言えたかもしれない。しかし、茉莉花は華々しい経歴をもっていても、ただの新人文官である。

「……計画をもち帰って、上の人と検討します」

悲しいことに、これしか言えなかった。

（だって、この計画はあまりにも大きすぎて……！）

アクヒット家の職人を白楼国に呼んで、アクヒット家の家宝を見本として預かって、叉羅国に白楼国の職人を学びに行かせるなら、礼部と工部の文官が班をつくり、何度も草案をつくり、叉羅国にも旨みがあるように調整するという、半年以上もかかるような作業をしなければならない。

（一番難しいところ……叉羅国が「協力してもいいよ」と言ってくれるところは問題ないけれど、実現したら本当に白楼国にとってありがたい話だけれど……！）

シヴァンは舌打ちをし、茉莉花に冷たい眼を向けてくる。

「使えないやつだな」

「すみません……！　実現に向けて全力を尽くします……！」

頭を下げながら、茉莉花は「理不尽だ……」と心の中で呟いた。助けた側の自分がなぜ謝っているのだろうか。

「ジャスミン、いや、マツリカだったか。国王陛下の夕食会にも招かれるような身分となったお前は、もうアクヒット家に置いておけない。なぜならアクヒット家には……」

「カーンワール家の間諜がいるから、だろう？」

ラーナシュがシヴァンの言葉を奪う。

シヴァンはラーナシュをにらみつけ、「うるさいぞ！」と眼で牽制した。

「間諜が諜報活動をするだけならいいが、アクヒット家の客人となった白楼国の文官の命を狙うようなことがあれば大変だ。話が白楼国との外交問題に発展する。安心しろ、ヴァルマ家で預かることにしたと陛下に……」

「いえ、その前にシヴァン司祭へお話が！」

今度は茉莉花がラーナシュの言葉を奪う。

「わたしは、カーンワール家かはわかりませんが、どこかの間諜がアクヒット家へ潜り込んでいることに気づいていました。なぜなら、わたしの荷物が数回探られたからです」

「……なんだと!?　なぜそれを言わなかった!?」

大事な話だろう！　とシヴァンは文句を言った。

「貴様を愛人として拾ったのは、間諜の特定に利用するつもりだったからなんだぞ！」

茉莉花は、そんな話を一度も聞いていないし、利用しますと言われて喜ぶ人もなかなかいないと思うのだが、今はシヴァンの理不尽さを流すことにする。

「最初はシヴァン司祭の命令を受けた人に探られたのか、アクヒット家に潜りこんでいる間諜に調べられたのか、それとも同僚の嫌がらせなのか、判断できなかったんです」

荷物をさわった人物の目的がわからなかったので、茉莉花はしばらく様子を見ることにした。そして、その判断はいい方向に働いてくれたのだ。

「シヴァン司祭の命令で荷物を全部調べられたことがありましたが、その夜にまた荷物を探られました。ということは、『私も調べておかなければ』と思った別の人物がいるという証明になります」

一回目も二回目も、探ったことを気づかせない技術が凄かったので、同僚の嫌がらせという可能性はその時点でほとんど消えた。

「そのことについてですが、わたしに恩を売らせてくれませんか……!?」

勇気を出して、茉莉花はシヴァンに頼みこむ。

シヴァンは混乱して、どういうことだと首をかしげる。

「また荷物を探られる可能性があったので、今日の日付と真夜中の時間と場所を書いた紙を枕の中に入れておいたんです」

茉莉花の説明に、シヴァンとラーナシュは瞬きを繰り返す。茉莉花の意図をすぐに理解できなかったようだ。

「間諜はわたしを探っています。わたしの枕にそんな紙が入っていたら、わたしが誰かと密会するとしか思えませんよね？　密会相手が誰なのかを確かめるために、必ず見にくるだろうな……と」

ありもしない密会予定をつくり、潜り込んでいる間諜をおびき出す。

茉莉花は、理不尽でも親切な人であるシヴァンに恩を感じていたので、元々十日間の無償労働を終えたらこの話をするつもりだったのだ。

「場所は周囲から見えにくいところを指定したので、間諜がわたしの密会相手を確認したいのなら、近くまでくる必要があります。そこを利用して間諜を捕らえることができたら……」

「場所はどこだ!? 時間は!?」

茉莉花はシヴァンに肩を掴まれ、揺さぶられる。

悲鳴を上げそうになりながらも、当初の目的を忘れず、必死に脅迫を続けた。

「お、恩を、売らせて、ほしいんです……!」

「言え！ 吐け！ くそっ、この恩知らずめ!!」

シヴァンは茉莉花を一通り罵倒(ばとう)したあと、手を離す。

「貴様は不幸を呼ぶ女だ！ これだから異国人は大っ嫌いだ！ ……それで、私に恩を売ってどうする気だ!?」

ようやくシヴァンの揺さぶりと耳元での叫びから解放された茉莉花は、胸に手を当てて呼吸を整えながら、この脅迫が成功したことを確信した。

（よ、よかった……！　恩を売れた……!!）

恩を売る相手は、ヴァルマ家に限らなくてもいい。

アクヒット家の当主に売った恩は、きっと茉莉花の役に立つ。

——コ・イ・ヌールをヴァルマ家に返せた。そして、このままヴァルマ家と敵対しているアクヒット家でお世話になってしまえば、ラーナシュからコ・イ・ヌールを押しつけられる可能性が低くなる。

茉莉花が抱えていた二つの難題が、ここにきてまとめて解決しそうな気配を見せていた。

「シヴァン、間諜が見つかりそうでよかったな！　これで本当に間諜を捕らえることができたら、お前はもうマツリカに頭が上がらないぞ！」

「うるさい、うるさい、うるさい!!」

シヴァンの叫びを聞きながら、茉莉花は今後のことを考える。

（まずは二重王朝の統一の可能性を探ろう）

二重王朝問題と三司の血の因縁が絡み合って、難しい問題になってしまっている。

周辺国はそのことを理解しているし、攻めこむなら今だと思っているはずだ。

（急がないと……！）

シル・キタン国による白楼国侵攻計画は、こちらにとって突然のことだった。また同じことがあっても不思議ではないのだ。

白楼国は、ありとあらゆる国に間諜を放っている。

特に隣国へ放っている間諜の数は多く、珀陽の元に絶えず報告が集まっていた。

「間諜の扱いは難しいんだよね」

珀陽は間諜から届いた報告書を読み、さてどうしたものかと考える。

間諜は、現地の人に影響されて主人を変えることも少なくない。間諜には「お前だけが頼りだ」と言ってあるが、実は同じ任務を与えられている間諜は何人もいる。

複数の間諜が同じ報告をすることで、ようやく信用できる情報だと判断できるのだ。違う情報が上がってきたときは、間諜の能力に問題があるのか、それとも思想に問題があるかのどちらかである。

「叉羅国の内部分裂を好機と見て、ムラッカ国が侵攻計画を進めている……か。まだすべての間諜からその報告が上がってきたわけではないけれど、間違いないと言ってもいいだろう」

叉羅国は、農作物がよくとれる穀倉地帯を抱えている。

巨大な国土をもつ叉羅国に軽い気持ちで戦争をしかけたら痛い目に遭うけれど、二重王朝問題で混乱している今なら、攻め入るという決断もできるはずだ。

「私ならもっと早くに決断しただろうね」

赤奏国の皇帝『暁月』も、自国がもう少し落ち着いていたら、叉羅国へちょっかいをかけようという気になっていただろう。

――叉羅国は、どこかの国に一度でも攻めこまれたら、それに便乗した他の国にも攻めこまれる。領土を食いちぎられ、荒らされ、南の大国という地位を失う。

叉羅国が小さくなった状態で残るのか。それともすべて別の国になってしまうのか。

叉羅国に接していない白楼国は侵略戦争に参加するつもりはないけれど、折角だからこの機会に領土ではない別のなにかを得るのもいい。

「黎天河を呼んでくれ。急ぎの用だと言うように」

珀陽は、控えていた従者に声をかける。

禁軍の武官である黎天河は、禁色を使った小物をもつ未来の将軍だ。

命じられたことを確実に遂行し、絶対に珀陽を裏切らない天河は、遠い地での任務に最適な人物である。

「失礼します」

天河はすぐに駆けつけてくれた。珀陽はよしよしと頷く。

「正式な書類は、君が出発するまでに調える。……いや、出発の方が先でもいい。あとはこちらでやっておくから」

　正式な手順を踏めないほどの緊急の任務だと、珀陽は天河に告げた。

「今すぐ叉羅国に行き、皓茉莉花を連れて帰還せよ」

「……叉羅国で内乱ですか？　それとも侵略戦争ですか？」

「侵略戦争の方。赤奏国経由で戻っておいで。あそこは侵略戦争に参加できる余裕がないから、一番安全な道になるはずだ」

　茉莉花に叉羅国の視察を命じておいたが、視察は即時中断してもらう。

（王の証については、一筆書いておこう）

　最悪、コ・イ・ヌールは叉羅国の山の中にでも捨ててしまえばいい。それぐらいの危険が茉莉花に迫っている。

「開戦となった場合、ラーナシュ殿や王族の方々はどうしますか？」

「なにもしなくていい。彼らは自分たちの力で王朝を統一することができなかった。その時点で国は終わっている」

　助けない、と珀陽は宣言した。ならば、天河がやるべきことはたった一つだ。

「御意。必ず茉莉花さんを連れて戻ります」

「頼んだよ。茉莉花なら『ラーナシュだけでも……』と言うだろうけれど、どんな手を使っても茉莉花だけを助けるように」

珀陽は遠い地にいるラーナシュの姿を思い浮かべる。

（いっそ王になりたいとラーナシュが願ってくれたら、話は早かったけれどね）

混乱の最中の叉羅国に関わっても、白楼国が恨まれるだけだ。

遠くから「気の毒に」と言うことが正しいのだと、珀陽はわかっていた。

終

あとがき

　こんにちは、石田リンネです。この度は『茉莉花官吏伝　八　三司の奴は詩をうたう』をお手に取ってくださり、ありがとうございます。

　叉羅国編に突入してからの茉莉花たちは、息つく暇もなく色々なことに巻き込まれていますので、どきどきしながら次の巻も温かく見守ってください。

　次に、コミカライズのお知らせです。秋田書店様の『月刊プリンセス』にて連載中の高瀬わか先生によるコミカライズ版『茉莉花官吏伝　～後宮女官、気まぐれ皇帝に見初められ～』の第二巻が二〇二〇年三月十六日に発売します。そして、莉杏と暁月が主役の『十三歳の誕生日、皇后になりました。』のコミカライズも、二〇二〇年三月六日発売の秋田書店様の『月刊プリンセス4月号』にてスタートしました。コミカライズ版を担当してくださるのは青井みと先生です。二つのコミカライズも共によろしくお願いします！

　最後に、ご指導くださった担当様、格好よくて可愛くて綺麗なイラストを描いてくださったIzumi先生（茉莉花の衣装、今回もとても素敵です！）、当作品に関わってくださった多くの皆様、手紙やメール、ツイッター等で温かいお言葉をかけてくださった読者の皆様、本当にありがとうございます。これからもよろしくお願いします。

石田リンネ

■ご意見、ご感想をお寄せください。
《ファンレターの宛先》
〒102-8177 東京都千代田区富士見2-13-3
株式会社KADOKAWA ビーズログ文庫編集部
石田リンネ 先生・Izumi 先生
●お問い合わせ
https://www.kadokawa.co.jp/（「お問い合わせ」へお進みください）
※内容によっては、お答えできない場合があります。
※サポートは日本国内のみとさせていただきます。
※Japanese text only

ビーズログ文庫

茉莉花官吏伝 八

三司の奴は詩をうたう

石田リンネ

2020年3月15日 初版発行
2021年2月5日 3版発行

発行者	青柳昌行
発行	株式会社 KADOKAWA 〒102-8177 東京都千代田区富士見2-13-3 （ナビダイヤル）0570-002-301
デザイン	島田絵里子
印刷所	凸版印刷株式会社
製本所	凸版印刷株式会社

ISBN978-4-04-735780-8 C0193

定価はカバーに表示してあります。
◇◇◇